典藏

典藏小說 03

陳雨航◎策畫

峽地

鄭清文◎著

目錄

出版緣起：

享受發現與再發現之旅

一部分是際遇機緣，更大一部分是長期對文學出版的努力與累積，使我們有機會集結這一系列的精彩小說。

小說之能成為典藏，是有一些淘汰的過程要經歷的。這其中，時間會是一個重要的因素。在時間的洗鍊之後，留存下來的著實不會太多，這只要從我們現在稱之為古典小說的例子中去考量便可知泰半了。

這一系列的小說能否值得典藏，固然有待未來，但至少到目前為止都還是經過一番考驗的，也有著很好的閱讀價值。它們有些是作家個人創作成果中的傑作；有些則是它被歸類的類型中的代表之作；有些更是它問世時代的經典之作……

好小說的內容和主題，於人性的本質刻畫常是歷久而彌新的。它能穿越時空讓讀者有普遍的感受，引發內心的共鳴。另一方面，時空背景的變與不變也饒富趣味。經過十年、二十年，一個世代，兩個世代，生活中的許多改變，讓我們有變化快速和頻繁之感。然而印證在小説裡，我們除了發現「果然如此」之外，會發現經過幾十年的變遷，有的小説裡的世界與當代生活竟是初無二致。這樣的時間落差，也是令人在閱讀中產生驚訝與趣味的來源，不論你是第一次閱讀這些小説還是多年後的重逢。

所以，享受你的發現與再發現的小説之旅吧。

編輯引言：

因爲簡單，可以包含更多

——我看《峽地》

陳雨航

小說家鄭清文先生寫作四十多年，以他獨特一貫的風格，在讀者和評家心中樹立了深刻的印象。

鄭氏風格中最重要的兩個特質是文字的簡潔和敘事的內斂。依他自己的說法是「因為簡單，可以包含更多。」樸實的文體裏，其實有更大的內心衝突，也不乏具戲劇性的人生場景。這些都涵蓋在他的寫作理念之下。在一篇題為〈尋找自己，尋找人生〉的文章裏，鄭清文寫道：

「我想在沒有宗教的國度裏，尋找一點心靈上的依憑，卻意外的發現到一些在外表上看來很簡單的道理，含有深遠的意義。我相信，在宗教以外，應該還有信仰；沒有迷信，而仍有信仰，便是宗教。

「如果在將來，在沒有宗教的世界裏，人的心靈仍然有救濟的辦法，那很可能就是人透過自我尋索，完成自己，而獲得人和人之間的和諧。那時，人將不再孤寂。」

從鄭清文一九五八年發表第一篇小說以來，每年從不間斷，文學耕耘的時間是這麼長，而面相又從農村、舊鎮到大都市，我們此時看來，他的大量作品和台灣這數十年的社會發展，便有了一個若合符節的對應關係。讀《峽地》特別有這樣的感覺。

《峽地》以一九六〇年代台灣的農村為背景。六〇年代正是台灣經濟起飛的年代，農村也開始有了轉變，農村的人們也就相對有了選擇。傳統或現代；固執或進步；善或惡；……這些都不曾使《峽地》裏的人物變成截然對立的平面角色。一如鄭氏其他小說裏的人物，小說家的理性使他們幽微的心靈，經由自省而有著多元的外在行動，因而有肉有血。

以《峽地》的主人公阿福嫂而言（很巧合的，鄭清文的三部長篇小說都以一位堅毅的女性為中心），她以童養媳身分賣到這個農村家庭以來，歷經多少生活的艱辛，多少的怨、恨在心裏咀嚼，卻仍能以一個善良的本性做出許多抉擇。

鄭氏小說的用字簡潔，並不表示疏於細節，相反的，他對細節的重視，恰成為他作品的另一個特色。細節來自小說家的用心觀察和親自體驗。

服務於大都市銀行四十多年的鄭清文，有一個較常人「富裕」的童年。他生於農村而長於舊鎮（見附錄），這兩種生活背景對他而言自然都甚為熟稔。

小說家自己的事不入小說，卻是他筆下細節的重要源頭。鄭清文在〈偶然與必然〉裏說：「父親（養父）開的是家具店，鋸、鉋、鑽、釘，我都會做。還有油漆。不過，還沒有單獨完成一件成品的能力。」他的一篇精采的短篇小說〈圓仔湯〉著墨的是家具行的師傅和徒弟間的恩怨。而於農村，他長期與生家的來往，也使他熟知農事細節。鄭清文有多篇短篇植基於農村，這部《峽地》對於農村全貌和細節可以說是一個更豐富的例子。

寫農村，即使是六〇年代的作品，能將細節掌握得這麼好的也不多。星移物換，現在的農村遠不同於《峽地》的年代。中年的讀者未必都熟悉的農事操作，對年輕的讀者而言相信是一個嶄新的閱讀經驗。一個逝去的年代，未必是沒有價值的年代。

鄭清文先生的小說寫作，以短篇小說為大宗，長篇小說迄今只有三部。此外，也從事童話寫作。想較迅速的進入鄭氏的短篇小說世界，或許目前仍然流通的《鄭清文短篇小說選》可為參考，這本小說集基本上和使鄭清文獲得環太平洋文化桐山獎的英譯本有相同的選目，大致是各時期的代表作。

峽地

一

七夕。

一鉤淡淡的彎月，斜掛在淡淡的天空，已逼近西邊刺竹梢頭。

金鳳獨自搬了長凳，坐在稻埕上仰望著天空。天邊還是淡淡的灰藍色，只有一片片白雲，沒有星。

金鳳已考取了鎮上的初中。她還不知道母親會不會讓她升學。金鳳是屘囝，她的功課比哥哥姐姐他們都好。小學的老師也曾經來家裡勸過阿福嫂，阿福嫂並沒有立即答應下來。

阿福嫂手提著一只大木桶，滿滿地裝著豬菜，半斜著身子，一步大一步小，從稻埕上匆匆拖也似的走過，沒入右翼低矮的豬舍簷下。

阿福嫂把飼料桶輕輕一擱，用手順桶底攪拌一圈，滿舍的豬聽了聲音都機警地站起來，嘟嘟嗷嗷地騷動著。阿福嫂用瓢殼勺了豬菜，倒進水泥槽裡，豬們又你爭我擠，競相爭食起來。

金鳳能不能上學，可說要看這兩檻六隻大豬身上了。

阿福嫂又勺了一滿瓢，突然手一鬆，砸噹一聲，連瓢帶湯一齊掉在地上，濺了她滿腳背。一陣眼熱。是年紀的關係吧，手腳遲鈍多了。她把瓢殼撿起來，已裂了一條縫。她向稻埕瞟了一眼，那小女孩年紀雖小，卻常常注意到意料外的事。剛才吃飯的時候，她就注意到她的手在發抖。

阿福嫂在做油飯的時候，也曾經砸破了一個大碗公。這個大碗公至少是三、四十年以前的貨品，自她被賣到陳家來就已經有了。她常常覺得，在這頂莊下莊幾個竹圍中，只有她家還能保有一兩個這種陳年的大碗公，總也有一種特殊的感情。

今天她卻砸破了一個。她想用手去保住一個剛倒下來的小碗，結果卻把大碗公掃到地上。她很生氣自己，在氣惱背後還帶著深深的傷心。

這幾天她心緒一直不寧，自從山坡地的甘藷被人偷挖以後。

她們在山坡地有一塊一甲左右的旱園，平時都是栽些甘藷。她家的甘藷藤葉還旺，根部還沒成熟，這幾天卻連連失竊。

如果要甘藷，隔壁阿溪伯的要大的多，不至於偷到她家裡的來。如果說那偷賊不諳甘藷生長的道理，找葉子旺的挖，也不會在挖了之後，又把藤蔓放回原位，在黑夜裡一淋露水，藤葉又歸復向上伸長，看不出一點痕跡。要不是前天炎坤想採些藤種，也一定不會發覺出來的。

阿福嫂好像有一種預感。因為這個田心村裡，就阿福嫂所知道，很少有失竊過東西的事情發生。邱家雖然為人冷酷薄情，也不齒偷竊的事，不致出此下策。

阿福嫂不能了解，因爲不能了解，心裡就更感覺到不安，甚至多少還帶些恐懼。
她把豬餵好，提了木桶回到廚房，就燒了一鍋的水，在灶前水泥地上洗澡起來。
她已好幾天沒有洗澡了。平時，就是天氣熱，她也只是用熱水擦擦身子，有時因捨不得乾草，只是利用煮飼料後的餘熱，把水溫一下。
今天她要洗澡。是因爲今天是七夕嗎？可能是，也不全然。
她望著牆上小小的窗。窗並沒有關著，從這小窗往外一望，可以看到屋後的樹木和竹子的影子在輕輕的篩動。
剛才，炎坤匆匆把油飯扒了兩三碗，把碗筷突然一放，站了起來。
「阿坤，你不吃點麻油酒？」
炎坤也不說話，用湯匙匆匆勺滿了一大碗麻油酒，仰頭一灌，又把碗砰地放在桌上。阿福嫂今天還特地殺了一隻雞做麻油酒，以前都是用豬肉代替的。
「你急著去哪裡？」
「去捉賊。」
「捉什麼賊？」
「偷挖甘藷的賊。」
「你怎麼知道是賊？」
「偷東西當然就是賊。」

「阿坤……」

「這一次給我捉到，一定要揍他一頓。」

「阿坤。」母親跟了出去。

「阿琳他們在等我。」炎坤頭也不回地走了。

「阿坤，不要把人家隨便當著賊呀。」母親在背後喊著，炎坤可能已沒有聽到了。

寶桂還沒有回來，秀琴明天一早就要上班，這時候已在睡覺了，現在只有金鳳一個人坐在稻埕上等著看銀河上牛郎和織女相會。

阿福嫂把身子擦乾，穿上衣服，望窗口瞟了一眼。窗外還是那些樹木的影子，只是天色好像更黑了。她傾著木盆把水倒掉，回頭走到稻埕上，在金鳳旁邊坐了下來。

「媽，妳說牛郎星和織女星會相會嗎？」

「我不知道。」

「媽，妳相信二哥的話了？」

「二哥的話……」阿福嫂把金鳳的話機械地重複一遍，好像沒有注意聽。

「他說牛郎和織女根本就不會相會。」

「我也不知道呀。」

「媽，妳以前不也說他們會相會？說一年一次，在天快亮的時候？」

「以前的人這麼說的呀。」

「爲什麼一年才會一次面？」

「我不知道呀，好像犯了什麼罪。」

「犯了什麼罪？」

「我，我也不知道呀。」

「可是，妳說，他們一見面，就馬上要分開。爲什麼？」

「……」

「他們爲什麼不早一點見面，爲什麼要等到天快亮才見面？」

「聽說，牛郎每天吃飯，都把碗放著，一到這一天，織女來了，就拚命替他洗碗，還有他的衣服，要洗到天快亮，才有時間，那時，時間也到了，他們也要分開了。」

「牛郎爲什麼不自己洗？」

「他是男人呀，洗碗洗衣服都是女人的事。」

「妳說，他們分手的時候，會流淚，眼淚變成了雨滴落下來。這一天，眞的會下雨？」

「我這樣說過嗎？」

「妳以前說過呀。」

「我……」阿福嫂的思緒好像又遊離了。

「媽，眞的，妳說過，我還記得妳說有一次還等到天亮呢。」

「呃。」阿福嫂漫應了一聲，抬起眼睛，怔怔望著天空，好像在尋找著什麼。

月亮已西斜，已落到刺竹梢頭，灰藍色的天空也變得更濃了。在離開月亮較遠的天空，已可以看到點點星影，明明滅滅閃爍著。

阿福嫂正在尋找著銀河兩邊那一對三角形和一字型的星星，在整個夏天的天空中，她大概只知道這兩對星，和鄉下人常說的「姜太公垂釣」吧。

「媽，我今天要等到天亮。」金鳳好像已下了決心。

阿福嫂仍然望著天空，好像沒有聽到金鳳的話，只是隨時低下頭，靜靜地望著金鳳。

金鳳已長得很高了，也許比自己還高些。十幾年了吧，這十幾年實在太長了。她看著金鳳，金鳳正睜大眼睛望著她，眼睛飽含著月亮的光輝，閃著青白色的光。

金鳳長得很美。自己以前也長得很美吧，就是像金鳳這種年紀，也許大一兩歲，現在的人還想讀書的年齡，她卻被人家送做堆，準備替阿福生孩子，而且一生就一連生了七個，如果不是阿福偷偷的走了，說不定還要繼續生下去。

長得美不一定好命。阿福嫂望著金鳳，嘴裡輕輕嘆了一聲，好像下了決心：

「阿鳳，妳很想讀初中？」寶桂和秀琴也都讀過初中，她實在沒有理由不讓金鳳讀。在鄉下，讀書還不能視爲當然的事，尤其是女孩子。

「嗯。」金鳳用力點了點頭。阿福嫂伸手把金鳳摟了過來說：「妳是最小也是最後一個了，我當然讓妳讀。妳要好好的讀，只要妳有辦法，妳可以一直讀上去。妳還可以讀高中，也可以讀大學。」

阿福嫂好像背書，一口氣說完。金鳳上面有四個姐姐兩個哥哥，除了炎坤，現在還在學，可說都沒有再讀書的可能了。而金鳳只是個女孩子。以前，女孩子只是被賣來賣去。阿福嫂自己就是被賣到這裡來的。她要金鳳讀書，她不要她走自己的路。

「也許妳二哥的話沒有錯。」

「妳也說牛郎和織女根本不會相會？」

「嗯。妳二哥是我們家裡讀書最多的人。」炎坤目前在鎮上農校讀高一，暑假一過就是高二了。

「可是，媽媽不是曾經等到天亮？」

「等是等過。以前，我也相信老人家的話，以爲牛郎和織女眞的會相會，我也曾經等過，不只一次。自從妳出生那年起，我幾乎每年七夕都等到天亮，有時也碰過下雨，細細的雨，好像也可以相信他們在天上要分手了，我也跟著哭著。有時天氣很好，自月亮下山以後，天上的星星也更多更亮，我坐在這裡目不轉睛的盯著天空，一直到脖子都痠了。我的眼睛還跟著那些星星轉，很慢的轉。我卻沒有看到它們曾經靠近在一起。」

「噢。」

「妳還是去睡吧。本來，我並沒有打算告訴妳，不知怎麼，就說出來了。妳也已經不小了，又懂得字。剛才妳二哥說，星星只會轉，我突然想到星星的確在轉。以前，我看過，卻沒有覺得，等他說出來了，才覺得的確是這樣，而現在我已四十多了。我不會說，不過我知道，這是讀書和沒有讀書的差別。妳還是去睡吧。」

「妳呢，媽？」

「我再坐在這裡歇一下，等妳二哥和三姐。」

金鳳站起來，正要走開，突然籬門那邊傳來了「哎唷」的一聲。

「看你再狡猾？」是炎坤的聲音，好像一個字一個字咬了出來一般。

「把他拉到稻埕中央。」是阿琳的聲音。

「哎唷。」又是長長的一聲，好像是另外一個人的聲音，比第一聲更尖厲。

「阿坤。」阿福嫂突然站了起來，向籬門那邊望了一下，才踏出一步，又陡地停了下來。

「媽，看他在這裡躲躲藏藏，不是賊是什麼？」炎坤說。「這傢伙也夠狡猾，知道我們都到甘藷園埋伏，竟潛到這裡來。」

「哎唷！」

「阿坤，做什麼！」阿福嫂厲聲說。

「我們這村子一向不丟東西。」

「人家也許有什麼不得已……」

「不得已就可以偷？」炎坤把那個人扭了進來，這一句話好像對那個人說，也好像在反駁阿福嫂。「如果他來要，我們床底下不是還有一些更大更甜的，不管白天或黑夜，那些老鼠鑽入鑽出，也不知吃了多少。他爲什麼不來要？爲什麼偏偏要挖那些又小又嫩的甘藷，一次又一次，作踐食物呢？」

阿福嫂一看他們幾個影子，突然把腳跟一轉說：

「阿坤，你爲什麼不聽話？我不是告訴過你，賊也是人，不要隨便把人家當著賊，你怎麼聽不懂？」阿福嫂雖然一口氣說了出來，聽來卻像一個字一個字吐了出來一般，她的聲音在不斷的顫抖著。

炎坤已把那個人扭到稻埕的中央，後面跟著阿琳，手裡還緊緊地捏著鋤頭柄。這時，月亮已下山了，天已全黑，已看不清楚稻埕上那些人的臉孔。阿福嫂還是背著他們站著。

「媽，難道要我把這個人放走？」在稻埕上的幾個人炎坤要算是最高大的吧。阿福嫂想轉頭過去，還是忍住了。

「灶上，煙囪旁邊，我用碗蓋著一碗油飯和一碗雞酒，帶他去吃了。」

「媽……」

「照我說的去做！」

「可是……」

「帶他進去！」阿福嫂說得很堅決，而且是命令的口氣，不准人家反抗她。

炎坤仍有些不情願，用手指頭往那人脇部一推，好像連話也懶得說。

阿福嫂由背後瞟了一眼。只那一瞬間，她並沒有看清楚，但是她好像已看到了一個又矮又小的影子，幾乎低炎坤一個頭，那個人好像駝著背，滿頭蓬鬆著頭髮，垂在前額，頭向前低垂著。

「阿琳，你不坐一下。今天晚上，眞勞煩你了。」阿福嫂想把聲音裝得平靜些，卻還有點發抖。她又坐到長凳上，輕輕地吐了一口氣。

「快吃嚒，怔怔的站在那裡幹麼？」炎坤在廚房裡叫喊著。

「阿坤，你出來。」母親命令著。

「看他還要客套！」炎坤氣忿忿地說。「哼，飫鬼假小字！」

「阿坤，你今天晚上怎麼攪的？老是不聽話。」

「好嚒，我不說他就是。」嘴裡嘟囔著，走到稻埕，在稻埕上打著圓圈踱來踱去。稻埕聳起的地方，堆著兩堆金字塔一般的早冬稻穀。

差不多過了五分鐘，炎坤突然停止腳步，然後好像想到什麼，急向廚房那邊奔了過去。

阿福嫂倏地站起來。

「阿坤，你做什麼？」

炎坤沒有回答她。

「妳快去看看。」阿福嫂跨出了兩三步，回過頭來，催著旁邊的金鳳說。

金鳳剛走到廚房門口，炎坤突然又衝了出來，差一點把她撞倒。

「阿琳！」炎坤大聲嚷著。

「什麼事？」

「那傢伙跑掉了，趕快來去把他捉回來。」炎坤說，然後又望著金鳳說：「趕快去看看有什麼東西丟了沒有。」

「阿坤，」阿福嫂叫著，炎坤卻不理會她，一直望廚房衝了進去，轉從後門，到竹叢下尋找去了。

「阿琳，你也去吧。」阿福嫂看阿琳不動，就叫他。他從前面奔出去，手裡還提著鋤頭柄。

「媽，妳來看看。」

阿福嫂略微猶疑了一下，就匆匆地走進廚房。

「妳看，」金鳳指著灶頭的油飯和雞酒。「妳看，不是一口都沒動過？」

阿福嫂一看，果然是她剛才添好用小碗倒蓋的樣子，留下碗底平滑的形狀。阿福嫂用手把碗捧起，碗還是溫暖的。

「媽。」金鳳抬頭望著阿福嫂。

「什麼事？」

「那個人爲什麼不吃？」

阿福嫂好像沒有聽見，並沒有回答她。

「媽，那個人一口都沒有吃？」

「我知道。」阿福嫂冷冷的說。「妳也以爲他會偷東西？」

「會是另外一個人嗎？」

「妳看，一個人在最餓的時候，聞了那香噴噴的雞酒，不吃它，爲什麼要偷甘藷？」

「二哥他們又去追他了。」

「妳以爲他們會追到他嗎？」阿福嫂好像在問金鳳，卻也好像不期望她回答似的。「不會的。他們決不會追到他，決不會再捉到他的。」

她喃喃地說，她的話像一縷縷餘響，跟在那些人後面，在黑空中消失了。

黝黑的天空仍然是七夕的天空。天空上的星星，比適才更加明亮。金鳳又走到母親的身邊來。

「阿鳳，妳去睡吧？」

「妳還不睡嗎？」

「我等一下，妳三姐還沒回來。」

「媽，妳說今天晚上牛郎和織女會相會嗎？」

「我不是說過了？」

「不過，我總覺得他們應該相會，像以前的人所說的，或者像演戲的那樣。」

「傻孩子。」

「媽，妳不希望這樣麼？那該多美。」

「美是很美。事實上他們是不會靠近的。我一年又一年等著這一天，不願放棄希望。剛才聽妳二哥所說，牛郎星和織女星離開那麼遠，根本不會靠近一點點，我好像失去了所有的希望了。這是事實，既然是事實，妳還有什麼話說呢。妳二哥從來就沒有等到天亮過，他卻知道那些星星根本就不會接近。這是讀書的好處，我要妳好好的讀書。妳知道嗎？」

「我知道。」

「那妳趕快去睡覺吧。」

金鳳進去睡覺以後，阿福嫂又繼續在稻埕上坐，有時抬頭起來望望天空。自從月亮沉下去之後，星星就更明亮了。自從炎坤說星星會轉，她就覺得整個天空在不停地旋轉。不知多久了，有時她也偶爾看到一兩顆流星猛劃過天際，留下了一點火花般的痕跡，只那麼一下子，就又消逝了。

阿福離開她的時候，金鳳剛出生不久。

「我要把那個女人帶回來。」阿福這麼說過。

「不行，你連這幾個孩子都養不飽。」

「那妳叫我怎麼辦？」

「跟她切斷。」

「不行。」

「那你出去。」

「這是我的家。」

「是你的家，不錯，那你去問問那些孩子好了，看他們要不要出去。」

「是妳趕我的呀。」

「我沒有趕你，是你自己做的。」

阿福把兩檻大豬全部偷偷的賣給店仔的屠夫阿旺，阿福嫂等人家來綑豬的時候，才知道豬款也已被阿福捲走了。

一甲多的山坡地和七分多的水田，現在不但缺少一個耕作的農人，一年之中所依賴的這些豬款的事，也全都泡湯了。

她十七歲那年，和阿福送做堆，一共生了七個孩子。開始兩胎都是女的，婆婆卻怪起她來。她們要把女孩子賣出去，她不肯。

「女孩子養了那麼多做什麼?」

「女孩子也是我的孩子。」

如果她曾經抵抗過婆婆和丈夫，這是唯一的一樁事。婆婆不但不諒解她，反而在丈夫面前數她不是。

第三個孩子生下來了，是男的，婆婆大爲高興，但並沒有忘掉出賣女孩子的事。她們寧願抱一個女孩子來養，以後可以和溪泉這個孩子送做堆，也不願意留下自己的女孩子。祖母很寵愛這個大孫子。阿福嫂常常想，溪泉這個孩子會變得那樣子，婆婆也有關係的吧。

第四個、第五個又連連生了兩個女孩。婆婆的氣又大了，她又主張把女孩子賣掉。阿福嫂怎麼也不肯。婆婆因此懷恨她，甚至於叫阿福再納偏房。

第六個，她生了一個男孩，祖母卻沒有等著炎坤的出世。她嚥氣時還指著阿福嫂的肚子說：

「妳一定要再替我生個男孩，不然我死了也會回來找妳的。」

「我會的。如果生了男孩，我一定會把他賣掉。」她很想這麼說，只是看婆婆病成那樣子，實在也不忍說出口來。

她和阿福一起十幾年，就好像沒有做什麼事，只像母雞下蛋，把孩子一個一個生了下來。有時，她還想，她實在比一隻母雞還不如。母雞一下蛋，還會跑出來「咯咯嘎咯咯嘎」地叫個不停，向人家炫示，同時也向人家請求賞一把白米。

而她阿福嫂呢？她生了孩子，不但沒有贏得婆婆的歡心，月子裡也沒有好好的保養，而且生產還不到一個禮拜，就逼著她下廚，甚至還去菜圃拔菜。這些事，她都可以忍受，只要她們不賣她的孩子。

婆婆死後，阿福對她的態度似乎沒有改善。她只是一個「心婦仔」，沒有讀書，雖然年輕時，也長得不錯，卻由於操勞過度，很快老下去了。

她不知道，這時候阿福就已常常到鎮上綠燈戶找女人了。

阿福和那女人走了以後，家裡立即陷入困境。她望著七個孩子，最大的月娥不過是十四歲，因為遲了一年讀書，連小學都還沒畢業。

有一段時期，她曾經想用農藥，把這些孩子們一個一個毒死，然後自己自殺。有時也想放一把火，把大小八口統統燒死。這樣子，每一個人都不必再受苦。

但是她立即回想過來，如果一定要這樣，還不如把女兒賣掉。

「不。」她在心裡喊著。她好像覺得自己是一個註定要受苦的女人。要受苦，還是自己一個人受。她有時也覺得自己實在不應該有那些念頭。孩子已生下來，最好還是把她養大。如果她有能力，她還是想使他們少吃一些苦。

在開始那幾年，阿福嫂幾乎每天都在等著那個男人「回心轉意」，再回到自己的身邊來，至少，被那個女人趕回來，像廢料一般也沒有關係。她可以責罵他一頓，還是會要他的。當時，她的確這麼想過。

他沒有回來。十幾年來，她驅使著全家的每一份可以利用的力量，耕作那一甲多的山坡地和七分多的水田。她看著孩子在長大，不過似乎太慢了一點。

現在，孩子也長大了，上面兩個女的都出嫁了，也都已有了孩子。

現在，她雖然還想著他，不過恨忿和情念都一樣淡下來了。也許是年齡的關係，也許是勞苦太多了，她已疲憊了，感情上和肉體上，都疲憊了。

十幾年都已過去了。那個時候，大女兒月娥就只有金鳳這麼大。再過十幾年，金鳳不就像現在的月娥嗎？其實，環境也有了改善，以後的十幾年，一定不會是過去的重複吧。

十幾年總不算短，當然也有過不少風波，都過去了。只是風波並沒有平息下來。做一個母親，除了死，憂苦似乎是不會結束的吧。這十幾年，她已看清楚了。就是沒有什麼事，她也會爲沒有事而操心。

本來，她以爲女孩子一出嫁，就沒有她的事了，但月娥的事還要她操心。她想不操心，卻不能。做母親的，似乎還要操心下去。

還有寶桂的事，她到現在還沒有回來。整個村子裡的人，幾乎都知道這一匹「野馬」。這以後的歲月，會和以前一樣嗎？環境是比以前改善了，至少吃飯的口數是少了，寶桂和秀琴也都在做事，都不再是「吃閒飯」的人了，炎坤雖然還在讀書，他長得又高又大，做起田裡的工作，似乎不輸全村任何一個人。這也是一種安慰。

其實，要操心的似乎比可安慰的多，而且也更加複雜。以前，大小事件，只要她忍受，就可以用自己的肩膀承擔下來。這以後，她所看到的，好像沒有那麼單純的了。

生一個孩子，就是生了一連串的憂患。今天，在孩子的問題之外，又加了自己的問題。那個人會是阿福嗎？她沒有看清楚，卻是早就有了一種預感。

剛才，她曾經瞟了他一眼。她應該看清楚他，但是她不能夠。就是剛才那一瞥，她也需要一些勇氣。她曾做過許多事也解決了許多困難。面臨著這許多困難，她甚至連猶疑都不會，但是碰到這一件事，她就反覺得有困難了。

她害怕那個人眞的是阿福，也害怕那個人不是阿福。

如果那個人不是阿福，爲什麼盡偷著自己的甘藷？爲什麼一次又一次偷挖那些小到不能放進嘴裡的甘藷？

如果那個人是阿福，她應該讓他回來嗎？就是她肯，那些孩子們會容納他嗎？如果他是阿福，她實在不忍看到他自己的兒子揍他。這果然是他自己做出來的。她實在無法想像到兒子爲什麼會揍一個偷賊一般似的揍自己的父親呢？

如果那個人是阿福，他爲什麼不吃自己家的東西呢？他在悔恨嗎？他感到羞慚嗎？她雖然沒有看清楚，但是當炎坤把他推進廚房之際，她曾經瞥了他一眼。雖然很黑，她還是看到了那邋遢的樣子。

一個孩子會不認得自己的父親嗎？雖然他那時還很小。他會沒有她自己那種預感嗎？

他回來了，又走了。這幾天，他曾經像一個幽靈一般在山坡地出現。那時候，她好像預感到他會回來。這幾天，她就一直心緒不寧。她感到自己好像一根筆挺的蠟燭突然碰到了熱，柔軟下來了。

她想到那個人的樣子，一個不敢從大路回來，而且還必須偷挖甘藷止飢的人，也可以想像得到的吧。他眞的像她所預料的，像一隻夾尾狗被踢出來了吧。

她應該再接受他嗎？她的感情已比以前冷了許多了，但是她還是覺得心跳，也會覺得耳熱。她也想到剛才洗澡的時候那個窗子。以前，她就從來不關那窗子，也不會感覺到不自然，今天她卻一直意識著它。

他走了，眞正的走了。炎坤是無法再把他捉回來的了。他要到哪裡去呢？還能到哪裡去呢？剛才她爲什麼不多看他一眼，只要一眼，不管看到的是一個什麼卑微的人，因爲這可能就是最後一眼了。

爲什麼一碰到自己的事，就反而手足無措呢？她又憎恨起自己來了。

這時候，天上又有一顆流星拖著火花般的尾巴從天際急速地劃過。以前的人說，地上一個人，天上就有一顆星，不管是多麼卑小的人物。一顆流星，代表一個人的死亡。這不會是阿福的吧。像阿福那種人也會有一顆星嗎？

不要去想它了。反正天上的事，自己知道的絕對不會有炎坤知道的多。

阿福嫂把視線放低，望著籬門那邊。剛才，那個人就躲在那個地方吧。他到底躲了多久了？她和金鳳說的話，他是不是都聽到了？

她望著那個地方，好像在尋找他似的。剛才爲什麼不看他，而現在反而覺得可以正視他呢？他是不會還在那裡了？她是不是這樣希望？他一定不會再在那裡了。

這時候，外邊突然有狗吠的聲音，由遠而近。漸漸的，在狗聲的間隙，她聽到摩托車噗噗噗的聲音。

「是寶桂回來了吧？」

摩托車在後壁溝停了下來。阿福嫂望向籬門，等著寶桂進來。

寶桂手提著一個紙袋，是裁縫店或百貨店常常用的那種。

「媽，我回來了。妳還沒有睡？」

「寶桂。」

「媽，我碰到阿坤。」

「在哪裡？」

「在水圳邊。」

「有沒有說什麼?」

「說要捉賊。」

「嗯。」阿福嫂低吟了一聲，好像是埋怨，也好像舒了一口氣。「妳又去看電影了。」

「嗯。」寶桂點了點頭說。

「寶桂，妳不能這樣，人家會說話的。」

「人家要多嘴我有什麼辦法?看電影也不是壞事。」

「妳看妳那裙子，短成那樣子，像什麼話!」

「鎮上，許多人穿這樣的呀。」

「鎮上是鎮上，我們鄉下可不同呀，人家總是喜歡講話。」

「講就講嘛，難道鄉下人就不能快樂?」

「不是這麼說。要快樂也要有分寸，不要隨便。看妳整天和那個姓何的，用摩托車載進載出。妳是不是打算嫁人?如果要，也該叫人家先來送個定。」

「我不打算和他結婚。」

「什麼?」

「我不打算和他結婚。」

「爲什麼?」

「我，我也不清楚。我只是覺得他好像不是一個很理想的。」

「寶桂，妳要自重一點。妳已看不上人家，爲什麼要和人家看電影、跳舞，爲什麼要坐人家的車？」

「他請我，我就去。他喜歡載我，我就坐嚒。」

「寶桂，妳是不是可以和他切斷？」

「爲什麼要切斷，在工廠裡每天都要見幾次面。」

「那妳可以換個工作。」

「換工作？我做了這許多年，才一步一步升上來，突然叫我換工作？難道人家都準備著空位子等著妳？」

「寶桂，妳聽我說……」

「我並沒有做什麼壞事呀。」寶桂說著，把身子一扭就進去了。

阿福嫂望著寶桂的背影，深深的嘆了一口氣。在這幾個女孩子之中，就只有這老三最使她傷腦筋。

當然，一般的事，寶桂倒也很聽話。她只是喜歡學時髦。這也沒有什麼不好，只是住在鄉下，人家喜歡說話，有時也會說得很難聽。

還有一件，阿福嫂最害怕的，就是害怕她惹事。一個女孩子，和一個男人單獨在一起，而且三更半夜，走那麼長的一段路，有時也要吃虧的。她又嘆一口氣。

二

在大廳裡。

陳炎坤坐在矮凳上，望著阿福嫂和月娥。阿福嫂和月娥隔著八仙桌側身坐著，旁邊是寶桂，坐在靠近母親的一邊。

裡面沒有燈光，只有從門縫裡漏進來的一點光線。外邊是一陣一陣的風雨。

「阿坤，把吊屏門關好。」阿福嫂說。

風雨不停地扣打著門，雨水從門縫潑進來。

炎坤把門打開，一陣風把門猛然吹開。炎坤探身出去，把吊屏門拉過來，從外遮住整個門框。吊屏門是用竹篾編成網形，中間夾紮著棕櫚，吊掛在屋簷下，用以防備大風雨。

炎坤把吊屏門一拉，廳裡更暗了。

「媽，要不要開電燈？」

「不要了。」阿福嫂說，轉頭過去對著月娥說：「阿娥，我想妳還是先回去一下。」

「媽……」月娥說，臉上似有難色。

「媽，現在風雨這麼大，颱風來了呀，妳叫大姐回去？」寶桂從旁邊插嘴說。

「我知道是颱風。我怕等一下風雨更大，水一漲就回去不了。」

「媽，一定要大姐回去？」

「嗯。」

「平常大姐來了，妳還是七留八留要她住下來。」寶桂說。

「可是，今天不一樣。」

「媽。」月娥抬起頭來望著母親。

「並不是我趕妳。妳把事情解決了，要住十天五天都沒有關係，在事情還沒解決之前，妳不能住下來。妳不要以爲住下來就可以解決事情。」

「那要怎麼解決呢？」

「這種事，妳不能依賴娘家。妳現在也快三十了，已是十足大人了，自己也有孩子了，不能像個小孩一有事情就往娘家跑。做女人，妳就要忍耐。」

「我已無法再忍耐了。」

「妳眞的無法再忍耐了？」

「我越忍耐，他膽子就越大。」

阿福嫂沉靜了一下。

「我越是忍耐下去，他就越是看不起我，以為我更可以欺負。」

「妳可以和他說，平心靜氣的說。」

「說有什麼用？也不知說過多少次了。他愛聽不聽，說多了，還罵我囉嗦，還打我。」

「他打妳？」

「打我，妳看。」月娥說，撩起了衣袖。

「他打妳，妳就讓他打，反正打不死。」

「媽。」炎坤和寶桂同時說。

「媽，我知道。我越是讓他，他就越得意，越以為我沒有用。」

「那妳為什麼不跟他打？」母親的臉色突然一變。「妳為什麼不還手？」

「媽，妳不是說要忍耐？」

「妳不能忍耐，就不必忍耐，知道嗎？」

「他是男人呀。」

「妳是種田長大的呀，打就跟他打，他打妳十下，妳總可以打他五下吧。妳打不過他，還可以踢他，可以咬他，不管用什麼方法。妳不能輸他。不管用什麼方法，妳要自己解決！」母親大聲嚷著，昏黯的光線在她臉上不停地震盪著。只有兩隻眼睛閃著炯炯的光。

「媽……」

「回去，現在就回去！」

「媽。」

「媽。」月娥和寶桂同時叫著。

「回去！要打就跟他打。妳必須把事情解決了才可以回來。妳如果認爲他這個人還可以在一起，就忍耐，認爲不能一起，就離開他回來！妳要睁開眼睛，要看清楚。這件事妳必須自己判斷，自己決定。妳知道嗎？」

月娥輕輕地點頭，已是滿臉淚跡了。

「不要哭，哭不能解決事情。現在就回去，事情是人做的，總有解決的方法。」

「媽。」

「不要再說了，趁著水還沒有漲，趕快回去。」阿福嫂說，把掛在牆上的塑膠雨衣取下叫月娥穿上，自己替她把鈕釦扣好。

「阿坤，送你大姐到火車站。」

「不必，我會自己走。」

「妳今天，也可以說是客人了。我並不是不願意妳住下來。妳事情一有了解決，就趕快回來一下。」阿福嫂的聲音有點哽住，但她還是想裝得自然些。

炎坤把棕簑披上，把褲管捲起，捲到膝蓋上，露出結實的腿肚，從那又厚又寬的腳掌，到五個張開著的指頭，都經年染著此地特有的赤仁土的顏色。

月娥把鞋子脫下，提在手裡。她的腳很白淨，已不像其他的家人沾滿著泥土的氣味了。

炎坤把吊屏門拉開，一陣風雨迎面潑入，豬舍背後，和籬笆邊高大的長枝竹，向左右前後不停地擺動，竹幹與竹幹相擦，發出咿呀咿呀的聲音。

月娥在前面，炎坤隨後跨出門檻，順手要把吊門拉過來。

「沒有關係，我來關。」母親說。「阿娥，妳要記住，一定回來呀。」

月娥點了點頭，回頭過來。雨已潑了她一臉的水。她又急急回頭再向前一直走著。炎坤跟在她後面，她好像可以看到在他們背後母親還依門眺望著他們。

「要好好的待他，不要多生孩子。生孩子是苦事，撫養孩子更苦。」她要出嫁的時候，母親不知叮囑過她多少次了。

母親自己養過七個子女，在家的時候，月娥並不知道養孩子有那麼多的問題，現在自己有了孩子，才明白母親的話。

母親說要好好的待他，好好待他有什麼用？他還不是找那臭女人去了？

「她有什麼地方比我好？」

如果那女人有什麼比自己好，倒也可以解釋。

「反正跟妳不同。」

「什麼地方跟我不同？只要你願意，我可以學她。」

「妳學不了。」

「只要你說說看。」

「不要再囉嗦了。」他這麼說。

她一氣之下，也不管颱風要來，就跑了回來。

現在，母親又把她趕了回去。

剛才母親趕她回去，她心裡有一種說不出來的難受。

當她跨出門檻第一步之後，當雨水橫掃過來打在她的臉上身上，她好像有點明白母親的意思了。

她覺得，要在颱風天走路不是困難的事。以前她就走過。在這種天氣裡，她還下田做事，一個人扛著鋤頭看過田水。她是老大，在父親走掉以後，她曾是母親最重要的幫手。

剛才，她還想藉口不回去。她不是怕颱風，而是怕回去，怕回去面對著自己的丈夫，和那兩個孩子。當她跨出門時，她感覺到颱風並不可怕，而且她也明白母親說的沒有錯，她應該回去。她應該回去把事情解決。

「大姐，姐夫如果再打妳，就告訴我。」

「不。」月娥輕輕的搖頭說。

由剛才母親的話，再聽炎坤的話，月娥感覺自己好像一下子更長大了許多。她知道這是她一個人的事，她要自己解決。

「大姐，妳還記得父親？」他們走出了屋前的田路轉入村道，兩個人已可以並排走路了。

「還記得一點，你爲什麼突然問起他？」

「我也不知道，爲什麼會忽然想起他。」炎坤仍然跨著大步，向前邁進。

「如果你現在碰到父親，你怎麼辦？」

「我不理他。」

「不理他？」

「好像他是個陌生人。」

「呃。」

「一個沒有責任的父親，對子女們說，有時比陌生人害處更大。」

「也許這也是實在，不過……」

「也許，我會當面責罵他一頓，也許，甚至……」炎坤突然緊握拳頭，在空中一揮說。

「阿坤。」

「什麼？」

「你怎麼會有這種想法呢？當時，我們就只知道哭。媽媽也哭，她都是在晚上瞞著家人哭。有時，我們發現了，也爬起來陪著她哭。這就使她更難過，一下子把我們幾個都抱在一起。」

「女人就只會哭，妳不要以爲她那麼強，就是現在她還哭呢。」

「現在？」

「嗯。」

「我也不知道。前幾天，我還看到她趴在床上，我以爲她睡著了，後來，我到床上的『床架子』

找東西，才發現棉被濕了一塊。」

「眞是，媽就是這樣。」月娥嘆了一口氣說。

剛才，母親還對她說離婚都可以，顯然把離婚也當著解決事情的一種辦法，卻是最壞的辦法。母親在說這些話的時候，心裡一定是很難過的吧。

如果眞的非離婚不可，她還會想他嗎？她會爲他而哭嗎？就她所能理解的範圍，事情似乎已變得非常複雜了。但是她好像已有了想法。她雖然還不能確定，大致上已有了一個行走的方向。

想到這裡，她又轉頭過去。自從她離開家門，她就一直有一種感覺，母親依門佇立的影像就一直追隨在她的背後。她回頭過去，好像是想確定已看不到母親的影像，想擺脫這影像的羈絆，但是在另一方面，也好像希望在這一回頭能再看到母親一眼。

房子已很遠了，整個房子落在竹圍中，只有茅草的屋頂，在長枝竹叢的搖曳中時隱時現。由遠處望過去，整個景色好像披著一層薄紗，風一颸，雨水篩過處，好像揭開紗幕，一下子清楚，風再一颸，紗幕一罩，又立即變得模糊起來。

她把視線向南略微移動，較近一點的竹圍內紅磚大瓦屋便是邱厝，是田心村的首戶。田心村夾在兩排長長的山巒中間。西邊較遠的山巒過去，是一條狹窄的海岸線，東邊的山巒背後便是從高山層疊的中央山脈延伸下來的支脈，現在已在煙雨中遁形，只看到較近的一片低矮的小山。

水田裡都已插了秧。在近處，有些田裡，只看到稻葉折下來浮在水上，有些已全部沒入水中了。往遠處看，盡是一片水光，只有撒豆似的，佇立著一撮一撮的竹圍，和一排排矮小的觀音竹竹屏，互相割據著一般，孤立在這暴風雨之中。

月娥向前再跨了一步，突然又停下來。

「什麼事？」

「你有沒有看過彩虹？」月娥緩慢的說，好像在回憶。

「當然看過呀。」

「你有沒有站在這裡看過？」

「這裡？爲什麼這裡？其他地方不是一樣？」

「不一樣。以前，那時我也許比你現在還小，我就在這裡看到了一條彩虹，是無尾虹，一條完整的無尾虹，在天空上畫了一個很大的半圓圈，把我們的家整個箍住，我們的家是圓心。就是在這個地方，我們現在站著的地方看到的。」

「呃。」

「你有沒有看過，在這裡？」

「沒有。無尾虹雖然美，卻是颱風的預兆呀。」

「你不知道，因爲你沒有看過。它把我們的家，連同竹圍一起抱住。那時候，好像這整個峽地裡，就只有我們的家，我們的家雖然只是一個小茅屋，卻是重心，其他的一切都好像沒有什麼意義了，你知道嗎？」月娥越說越興奮，也越說越快。

「我不知道。我們還是快點走路吧。」

「你有沒有注意到我們廳頭所掛的『札子』，每尊神像頭部背後都有一個光圈？我就有那種感覺。」

「現在不是什麼都沒有嗎？」

「在我回頭過來那一剎那，我好像又看到了。」

「那是幻覺。」

「不是幻覺。就是幻覺也沒有關係。也許，你就住在那裡，不會有那種感覺，我以前也是。當時，我也只是看到一條美麗的彩虹，並沒有其他的感覺。但是，你一旦離開，不知爲什麼，我也不會說，我的確有一種感覺，一種不同的感覺。你懂得我的意思嗎？」

「也許，也許有一天我會懂。現在還是快走路，妳沒看風雨越來越大？」

「不，你等一下。」

「什麼事？」

「你看，眞的，你看。」

「看什麼？」

「你看，就是那樣，很淡，但你可以看到。」月娥指著家的方向說。

「沒有呀，我什麼都沒有看到呀。」

「眞的，很淡，眞的，我看到了。」

「那是妳自己的幻覺。」

「不，不是幻覺。」

「快走吧。」炎坤好像有點不耐煩了，站到前面跨出了一個大步。

「眞的，不是幻覺，顏色太淡了，眞的，我又看到了。」月娥喃喃的說，也跟了上去。

炎坤的步伐大而穩定，月娥也放著大步緊緊的跟。用這種速度，走到鎮上也要一個多小時，而炎坤又要趕回來。

剛才，月娥還一直擔憂，怕火車停駛。可是這時候，她好像沒有什麼可以害怕。她的心裡已漲滿著一種近似感激的蠕動。她只有一種感覺，她必須回去，而她也一定能夠回去。

現在，她也只知道趕路。路上已積了不少水，路邊小水溝的水也已滿，處處越過路面，腳一踩上去，就濺起水花。

月娥已沒有什麼留連，她只知道趕路。有時，她也看到田裡，有些改種番茄、碗豆、茄、或其他蔬菜雜糧的，有支架的，連支架被大風吹得零零落落，沒有支架的，倒的倒，沒有倒的也低低的匍匐在地上。那些搭在水溝上的菜瓜棚和肉豆棚，也歪斜傾倒在一邊。

風越來越緊，雨越來越密。月娥和炎坤已走到水圳旁邊，這是田心村唯一賴以排水和灌溉的水道，雖然只有三兩公尺的寬度，卻是全村的大動脈了。

水圳的水還沒有滿，但是水流很急湍，每到水閘，水從上面傾瀉而下，有如一個小瀑布。灰色的雲低低地，有的如煙一般急駛而過，有的像鉛塊鎮壓著慢慢地挪動。

從家裡出來，一直沒碰過一個人。

整個的村莊靜靜的，完全沒有抵抗，任這一隻大自然的野獸在那裡發威，只低頭忍受著它的蹂躪。它的腳步所經過的地方，既沒有同情，也沒有慈悲。如果在這浩劫中，還能豁免其難的，也只是像那些在貓科動物的利爪下逃脫出來的獵物，並不是由於野獸的慈悲，而是牠已厭倦了這種遊戲。

今年，就月娥所知，是龍眼盛產的年頭，自入夏以來，已有三次颱風登陸，這是第四次了。報紙上還用美麗的名字稱呼著這些殘暴的野獸，她實在不能了解那種閒逸的心情。也許那些人根本就感覺不到它們的暴戾，好像和那些潑辣的姑娘永久也扯不上關係似的。

炎坤曾經告訴過她，今年早季，雨水少了一點，整條水圳的水，由上游完全給頂田村的人堵住，引導到他們自己的田，全田心村的人差一點要和頂田村的人發生械鬥。農村的人，吃不到豬肉可以忍受，給人家打了嘴巴也可以忍受，只有田裡沒有水，水給引走無法種田時就不能忍受了。

入夏以後，雨水一多，頂田村的人就把水拚命的排下來。

『水是往下流的嚒！』他們倒說得很輕鬆！」炎坤大聲說，好像要抵住橫掃過來的風雨。

「水是往下流的。」這一句話也說明了田心村的處境和命運。一邊是頂田村的人把持了這一條全村的命脈，也不知因它發生了多少糾紛，另一方面，往下看，卻又碰到西邊的山巒堵住了出海的去路。

「再加上山坡地那邊瀉下來的山水，水少時，邱家又要強佔享用，水一多，卻不往他們自己的田瀉，老是往我們田裡瀉。」炎坤氣忿的說，把銜在嘴裡的雨水吐了出來。

「邱家他們現在還這樣？」月娥略縮著身子，一手提著鞋子，一手緊拉著雨衣的衣領，雨衣的下襬緊貼在大腿上，小腿已沾了不少泥水。

「難道妳還希望他們改變？他們好像生下來就是爲了吃人，妳還想他們改變？」炎坤又提高了嗓門。

「呃。」

「上一次，我要把他們的水放到他們自己的田裡，母親還不讓我。」

「母親也不是不知道邱家的無理，只是不願意惹事。這本來也不是今天才有的問題，自從父親還在家裡，也許更早，就已經有了。很久以前，我們這裡就想沿著山坡開一條排水溝，這些問題都可以解決，只是邱家一直反對，因爲開水溝要佔去他們很多地。」

「我就是不明白，媽爲什麼老是要讓步。」

「他們有錢有勢，而且心腸壞，又不知要做出什麼事來？」

「做什麼事？難道還要殺人？我一定要搞他一下。」炎坤大聲說，用手把棕簑穩住。

「你不能這樣，媽知道了，一定會生氣。」月娥說得更大聲。路邊的電線在呼嘯著。

「妳不曉得，上次也是媽擋我，讓他們把水往我們田裡瀉，結果幾乎沖掉了半坵的稻子。像今天這種風雨，又不知要沖走多少。」

「沖走可以再種呀，半坵田的稻子有什麼關係。眞的，你不能亂搞。聽說，我們這裡要農地重劃，到時候事情不就自然解決了。」

「說是說，也不知到什麼時候才能實現，而且也有許多人反對。」

「眞的，你要忍耐一下。媽不是常常說嗎？」

「我們已忍耐太久了，妳不看媽年紀這麼大了，爲什麼總是我們一家人在忍耐？」

「眞的，事情會改變的。媽也說，至少邱家他們老大還講理。」月娥央求說。

「邱老大講理倒也是眞，只是他沒有權。他在邱家，也只算是一個長工，而老二那傢伙，跟他老子也差不多，就不算更壞，也談不上更好。」

「耕田的是老大呀，最少我們還有希望。」

「棺材是裝死人，並不是裝老人呀。」

「反正，事情會改變的。一定會改變的。」

「像妳和姐夫？」炎坤放低了聲音說。

「你說什麼？」

「像妳和姐夫？」

「你不要扯到這上面來。」月娥把頭抬了一下，一陣斜風帶雨立即打濕了她的臉。

「媽不是說妳忍耐到無法忍耐，就要抵抗？」

「阿坤，這是兩件事。你千萬不要使媽傷腦筋，更不能使她傷心。」雨還是不停地打著她的臉。

「我哪裡想使媽傷心？這種事總要解決，早一天解決，不是早一天好？」

「阿坤，我求你，眞的不要這樣。」月娥說。「你，你回去吧，以後的路我可以自己走。」

「不，媽要我送妳到火車站。」

「你看，水越漲越大，這裡以後都是柏油路了，你回去。」

「不，我一定要送妳到火車站。」

兩個人在柏油路繼續趕路，風由側面吹打過來，雨越來越粗，也越密。

他們走了幾分鐘，由後面來了一部計程車，大概是回程，車裡沒有人。

「到鎭上？」計程車突然停到他們身邊。

「到鎭上。」

「坐車子？」

「多少錢？」

「隨便嚒。」

「你回去。」

「不，我要一起到鎭上。」

「你回去，我一下子就到了。你回去吧。」

「那，妳，我怕妳搭不到火車。」

「搭不到火車，我會回來。就是沒有辦法，我也會在鎮上找個地方住下來。」

「好吧，那妳一定再回來呀。」

月娥把雨衣還給炎坤，炎坤目送著她，一直到計程車在路的彎角不見了，才趕路回來。

他一拐入小路，立即又想起了邱家的事。

田心村這一帶的水田，都是由山坡地一排一排緩慢延伸下來，每一家的地，都成平行，有些面積較大的，就多佔幾排。

這裡沒有大的排水溝，水都是由上坵的田向下坵田排瀉。照理，每一個人應該把自己高田的水瀉到底田，一坵一坵依序瀉下去，瀉到水圳。

邱明賢卻不這麼做。他們總是自己的水瀉到旁邊的低田，每一坵向平行的低田瀉。相反，在沒有水的時候，他們卻把田的缺水口牢牢堵住，一滴水也不讓流到陳家的田裡來。

炎坤有幾次，就曾想把這些缺水口堵住，都給母親擋住了。

「媽，他們不能老是佔我們的便宜呀。我們越怕事，他們就越是軟土深掘。」

「這沒有你的事，不要再亂講話。」

「媽怕他們？怕他們有錢有勢？」

「阿坤，媽不是怕。也許，我們會吃一點虧，也只吃一點點虧。」

「一點點虧？妳沒看到每一次水一沖，就沖掉我們半坵田的稻子，妳還說一點點？」

「沖掉，我們可以再補種，二、三十年來都是這樣，只因爲我們和邱家相鄰，我們不是都好好的活下來嗎？」

「媽，妳不能這樣講，我們不能老是這樣呀，人家不說妳忠厚，卻說妳無路用呀。」

「我知道你，我們再等也不會那麼久了，我就怕你不懂我的意思。」

「媽。」

「你不要再說了，現在還不是你出頭的時候。」

炎坤越想越氣憤，也越覺得無法了解。也許，媽給欺負慣了，好像低頭走路慣了的人，最後卻變成了駝背，再也無法抬起頭來。

他放著大步，匆匆走過水圳。水圳的水比剛才來的時候多，已快滿了。

風越強，雨越大，剛才他和月娥所看到的景色，也越顯得模糊不清。

他匆匆拐入田路。有好幾處，田水已越過了田路。風把他吹落田裡，他又爬上來。

突然，他看到在遠處，就在自己的田和邱家的田之間，有兩個影子，一個彎著身子，一個站在田塍上，看不清楚在做什麼。

他放大著步子，但風雨一點也不饒他，一次又一次把他打到田裡去。

身上的棕簑含水越來越多，對風的阻力也越來越大，他索性把它脫掉，連同剛才的雨衣一起，往附近的竹屏一丟，身體也輕多了。

一下子，斜捲直颳的風雨，把他全身淋了一個透濕。

他已可以看清楚，有一個人正在掘開他們田與田之間的田路，把邱家的水一坵坵往他們陳家的田裡沖瀉。

「阿進！」他大聲的叫。

阿進似乎沒有聽到，只有站在田路上的邱明賢略微把頭轉過來，卻又若無其事地，把頭轉了過去。

炎坤不顧一切地奔了過去。

「阿進！」炎坤大聲喊著。

阿進把鋤頭放下，抬起頭看他。他只在肩上結著一塊塑膠布，已滿身泡了水。

「阿進，掘呀！」邱明賢大聲說。他穿著一件塑膠雨衣，和長長的雨衣褲，褲管膨膨鬆鬆，全身閃著水光。

阿進望著兩個人，猶豫著。

「掘呀！無路用的東西！」

「阿進。」炎坤搶了一步過去，把阿進剛掘起來的田路缺土又補塡回去。

「阿進！」邱明賢叫著。

阿進還是不敢動彈。邱明賢已氣白了臉，也搶了一步過來，經風一吹，踉蹌了一步，又站直起來。

「鋤頭給我。」

「不。」炎坤說。

邱明賢氣憤憤的把鋤頭奪了過去，炎坤的手也已同時抓到了鋤頭柄。

「你不能再掘。」

「我偏要掘。」

「你不能。」

「放手！」

「不。」

「阿進！」

阿進由田裡站到田路上，他足足比炎坤矮一個頭。炎坤瞪了他一下，他就停在田路上。

「幹恁娘哩。」邱明賢罵了一聲，好像在罵炎坤，也好像是在罵阿進。

「你罵誰？」

「罵誰都一樣。」邱明賢說，用力把鋤頭拉過去。

炎坤也不認輸，用力把鋤頭拉回來。

「幹恁娘卡好！」邱明賢罵了一聲，好像這樣可以增加臂力，把鋤頭柄用力扭轉一下。

炎坤本來也沒有想搶鋤頭，只是想按著，和他們理論理論，現在一看邱老出口罵人，一時忍耐不住，用力把鋤頭柄一轉，奪到自己手裡。

「鋤頭還我。」

「不。」

「我要放水。」

「你放到自己的田裡。」

「上面的人放到我的田裡，我自然放到你的田裡。」

「誰放到你的田裡？」

「你自己看。」

「那是溢過來的。你溢過來的，我也不便說。你現在掘開一個缺口，想把我們的稻子淹死了一半？」

「幾十年來我都這樣做。」

「什麼？人家讓你，你卻以爲是應該的。你不能再這樣了，從今天起，你不能再這樣了。你要知道，我和母親的想法不一樣。」

「小子，鋤頭還我。」

「你掘自己的田。」

「還我。」邱明賢猛伸手。

「不。」炎坤把雙手一揚，把鋤頭望田中央一拋。

「你這小子，幹恁娘？」

「你罵人！」

「罵，罵你又怎樣？幹恁娘！」邱明賢說，向炎坤猛撲過來。

炎坤用手一擋，向後退一步，一腳踩到田裡。邱明賢不放鬆，又搶一步過來。炎坤看他打過來，把身子放低，閃過他，再用手順勢一撥，只見邱老肥碩的身子一晃，整個人趴在水田裡。

炎坤回頭一看，看到邱明賢微側著身子跌在水裡，雨衣的帽子已脫落，褲管膨然鼓起，只有頭在水裡掙扎著。雨水猛向他的身上傾瀉，雨水和濺起的田水一起洗涮他。

炎坤想伸手拉他，突然看到阿進怔怔地站在那裡。

「還不趕快拉他起來。」

阿進走過來，彎了身子把邱明賢拉起來。他一站立，污水從衣縫間嘩的一聲倒了出來。本來，邱明賢穿著雨衣，只是外邊水濕，現在眞的內外全濕了。

「你這小子！」邱明賢把嘴裡的水一吐。

「是你先出手打人。」

「打人又怎樣？」

「阿進，快把他扶回去，他這樣，一定會感冒。」

「你，你這小子。」邱明賢瞪大著眼，咬著牙一字一字說。「你給我記住！」

「阿進，趕快扶住他。」

阿進眞的伸手去扶，但邱明賢一手把他拂開。

「免。你把這些水缺統統給我開好。」

「他不敢的，你還是回去，今天，我會守在這裡，看誰再來開我們的水缺。」

「你給我記住。」邱明賢說。

阿進再過去扶他，這一次他沒有拒絕。只是一邊罵著他沒有用，像他這樣無路用的東西，只好剁給豬吃。

阿進不敢出聲，只是小心地攙扶他，一步一步的走過去。

炎坤望著他們，邱明賢惡毒的聲音，早給雨聲蓋住，已聽不到，兩個人只是像兩株輕輕的浮萍在風雨中晃盪著。

風不停吹他，雨不停打他，他望著那兩個黑點，雖然是夏天，也覺得有點涼。

三

颱風過後，整個農村呈現一片慘淡的景象。

在頂田村、田心村、田底村三村中，受害最重的是田底村。田底村最深的水位曾達腰部以上，農作物固然全部受到損傷，就是牛、豬、雞、鴨等家畜家禽也損失了不少。大水更是肆虐到房子之內，由於漲水速度太快，家具之類泡了水不算，就是農家賴以生活的稻穀和甘藷也因水浸而發芽。

田心村位於三村的中間，所受損害雖然沒有田底村大，卻也遠比頂田村來得慘重。稻作方面，由於稻子還小，即使泡在水裡一兩天，水退還可繼續成長。蔬菜方面卻不然。田心村和其他農村一樣，除了每年照樣播種，插秧之外，也都留下一部分田種蔬菜。由於蔬菜的價錢好，雖然種蔬菜要花更多的時間和心力，農人們也都樂意加種些蔬菜。所種的蔬菜也都以夏天容易種的應菜、杏菜、土白菜、小芥菜爲主，也有人願意冒險種一些番茄、青椒之類價錢較好的蔬菜。

陳炎坤騎著腳踏車，匆匆經過。路邊水溝上很多菜瓜棚和肉豆棚都被大風吹得東歪西斜，棚上的菜瓜和肉豆的蔓葉也都呈著枯黃反捲。

呈著枯黃的，並不止是菜瓜和肉豆，就是平常最耐風耐寒的竹，各種的竹，也都被這一次幾年來罕見的強風颳成一片凌亂，枝椏折斷，竹葉四處飄落，只剩下一些竹榦顯得格外疏落。

田裡的蔬菜更是一片慘象。泡在水裡的連根枯萎，種在地勢較高地方的，也都被風連根拔起，泡在溝裡任其枯黃腐爛。

陳炎坤雖然是生長在農村，如果不是親眼看到，他實在不敢相信風會將一株小小的蔬菜連根拔起。樹大招風，大風把一棵大樹連根拔掉是常事，拔起一株小蔬菜倒是很罕見的。

田心村的情形的確如此。

番茄、青椒之類有支架支撐的，固然無一倖免這一次浩劫，就是土白菜、青岡菜之類的蔬菜也全部受到了蹂躪。

田裡的情形是這樣，山坡地的損失也毫不遜色。山坡地種的東西雖然較不値錢，也曾經是農人們的心血。

甘藷受到大水的沖洗，有的連根流失，有的都從葉蔓整個給埋在地下。

山坡上，爲保持水土所種植的樹木，不管是相思樹、竹、或其他雜木，有的枝椏折斷，有的傾斜，有的和山坡一起崩落。

種在田裡的稻子和蔬菜雖然損失不少，卻可以再種，可以彌補。可是，由於山坡潰崩而被沖走或埋蓋的水田，卻是完全的損失，其損失不是這一季，也不是這一年，而是整個的將來。

邱明賢他們有許多田地靠近山坡地，蒙受這種損失也最多，幾乎達到四分地。其中有一部分，正是上次和炎坤發生排水爭執的地方。

「你們要賠我。」邱明賢對阿福嫂說。

「這是天災呀。」炎坤說。

「不要你插嘴。」阿福嫂說。

「天災是天災，是你們堵住了水缺。」

「我不堵水缺，山水還是要沖下來呀。」

「這使我多損失了一坵田。」

「阿賢伯，每一家，水都是這樣放，都是往自己的田裡一坵一坵放下來的呀。阿坤他並……」

「阿坤他並沒錯？哼！自己的兒子不教示，反而教訓起我來了。哼！」

「阿賢伯，兒子我會教示。不過，他們年輕人的想法不同了，你不能老是想把水排到我們田裡來呀。」

「我只要問你賠不賠？」

「賠什麼？」

「賠田呀。」

「我們賠你四分田，不是去了一大半？」炎坤插嘴說。

「你不要說話！」阿福嫂說，然後又轉向邱明賢：「阿賢伯，講一句公道話，我們實在沒有錯呀。」

「你不賠，就說不賠。我，我一定會想辦法叫你賠，我講話都算數！」邱村長氣憤憤的說。

陳炎坤也不知道邱明賢要拿什麼辦法來對付他們。他只知道自己並沒有做錯。所幸，母親在外表上雖然對他嚴厲，雖然每一次都不讓他說話，畢竟也沒有完全否定他這一次的作法。

他不知道村裡的農民爲什麼那麼怕邱明賢。邱家有錢是事實，如果大家能安分守己，就是貧窮一點，也不必去仰他鼻息。

這一次，他幸而把缺口堵住，讓水往直沖，不然自己也要流失一部分田吧。

當邱明賢和長工阿進相扶離去之後，炎坤曾經在那裡站了一個多鐘頭，一直到天黑。

他怕邱明賢他們會趁他不在，再回來掘開缺水口。他必須戰勝。雖然勝利只是時間的問題，他卻必須提早，因爲反正要衝突一次。如果能提早一天，他們就可以減少一天的損失。

邱明賢他們心裡一定會不甘心。不甘心也沒有辦法。這是對自己有直接利害關係的事。

雨很大。強風挾著豪雨猛打著他。他有點站不穩，也有幾次被吹落到田裡。但是他必須活著。他們曾經回過頭來看他，他們也一定會偷偷的窺伺他吧。

他也覺得冷。在這夏天裡，他居然感到了冷。他沒有其他的辦法。他像一個稻草人，稻草人畢竟也有稻草人的作用。

他站在風雨中，也曾經轉頭去看看山坡地。雖然那山坡也有一甲多他們自己的地，他卻是第一次這麼眞切的望著它。

在這暴風雨之下，本來也沒有什麼大價值的山坡地，卻使他感到了無比的親切。因爲那是他們的地，和它腳底下的這一片地，對他們是一樣的重要。

他曾站在那裡，望著山坡地上，有一條一條混濁的水滾滾流下來，匯成一股洪流，到處奔竄，挾帶著山坡上的泥土和石礫。

邱明賢他們的田，最上面的一坵，幾乎有半坵被這種砂礫埋掉了。

以前，山坡地的水土每碰到颱風或久雨，就常常被水沖下來，把山麓的良田埋住。後來，雖然造了一排擋土堤，有時水勢太大，也會越過擋土堤，有時就索性連堤也一起沖坍。

以前，曾經有人提議在山坡上開幾條排水溝，再在山下，沿著山麓開一條大水溝，因爲邱明賢的一些田在山下，一開大排水溝，損失太大，不願意答應，所以到現在這條排水溝一直沒有開成。

陳炎坤曾經想過，這種事，要個人來辦恐怕無法辦通。就像邱明賢的例子，叫他把自己的田開成水溝，損失自己，讓人家享福，能做得到嗎？不要說是邱明賢，就是他們自己，也不會很願意吧。

這種事，是必須做的。每年從這裡沖下來的水所引起的損失，已不知多少了。也許五年十年的損失就可以彌補水溝所受的損失。由於建築水溝引起的損失集中在少數的個人，沒有人情願犧牲，築水溝的事也就無限期的延長下來了。

這種事是必須有人做的，而且必須立即做。個人的力量是薄弱的，像這種事，就只能由社會，或者由政府整個計劃辦理。

陳炎坤用力踩著腳踏車。他很興奮。他已滿身是汗了，他還是用力踩著。

早晨，他到鄉公所申報颱風損害情形。平時，峽地三村離開鎮上近，買賣東西都在鎮上，只是繳納米穀，換取肥料，或辦理其他有關行政上的事務才到鄉公所。

他在鄉公所聽到了一件驚人的消息。這是名副其實的驚人的消息。聽說峽地三村在今年要提前辦理農地重劃了。

這是一個太突然的消息。消息雖然還沒有完全證實，是由鄉公所傳出來的，應該相當可靠才對吧。

台灣的耕地除茶園、果園外，共爲七十五萬公頃，將全部實施農地重劃，預定十六年間完成。其中，又分二期，第一期由民國五十一年至六十年十年間，計劃重劃農地面積三十萬公頃，第二期自六十一年至六十六年的六年間，重劃四十五萬公頃。

農地重劃，是政府實施耕者有其田之後，對土地利用的另一項重要措施。主要的目的，是在改善農場結構及農業生產環境，高度發揮土地合理利用，增加生產，減低成本，改善農民生活，促進社會普遍的安定和繁榮。

依照計劃，本鄉各村也都劃入第一期農地重劃計劃之內，尤以峽地三村，每年受颱風的侵襲，常蒙受鉅大的損失，更須優先考慮。

由於台灣農地面積廣大，必須依照計劃一步一步實施，才可以達到經濟有效的目的。

這一次，峽地三村之能提前實施農地重劃，是因為縣長巡視田底村災情，深覺此地重劃工作實在刻不容緩，而且水災最大原因，又是由於排水不良，立即反映到省政當局，建議修建大排水溝，如有可能並請提前實施農地重劃，可以一舉兩得。據說省政方面已答應派員勘察實際情形，而勘察結果將有利於提前實施。

本省農地重劃，雖然均有計劃，有時也可依實際情形作機動性的調整。

陳炎坤又猛踩著腳蹬子。省政府方面勘察實際情形以後，就可以開始測量土地，今年第二季稻穀收成以後，就可望實施了。

如果今年能實施，明年早季就可以使用新的土地了。

陳炎坤抬頭看看太陽。太陽已高掛在晴朗的天空，大概已近中午了吧。

自從颱風過後，也許是由於濕度高，或氣壓低，太陽一直驕猛異常。農人，尤其是年紀老一點的人，都說是又在醞釀著第二個颱風了。

陳炎坤用手背擦掉額頭的汗水。如果到明年可以完成農地重劃，排水的問題也可以迎刃而解，由於排水所發生的爭執也就不可能再發生了。

實際上，他並不是樂意和邱村長他們發生衝突。雖然，在做人方面也許有許多缺點，邱村長畢竟也是一位長者，也是一村之長，母親他們一輩的人，尚且敬畏三分呢。

他是一個年輕人。他有一般年輕人所有的缺點，急躁，而容易衝動。

另一方面，他也有一般年輕人所有的優點，活潑、熱情、勇敢和富於理想。他在鎮上農業學校讀書，暑假一過便是高二了。在一般青年所有的優點之外，他也是一個刻苦勤奮的農家子弟。他是出生在農家，也在農村裡長大，是一個道道地地的農人。他讀書，是爲了增加知識和技能，預備做一個更優秀的農人。

土地是農民的生命，兩者是永遠脫離不開的。農地的改善，對農民無疑是期約了一種更良好的生活遠景。做爲一個農民，一個有知識的農民，他是更容易體會到這遠景之接近，和這對他們的重要性。

但是在他們近鄰幾十家，甚至於幾百家農戶，有幾個人知道這種重要性呢？

這是和他們息息有關的事，他們卻竟連一點也沒有體會到。

別的人且不說，就是他陳炎坤自己的母親，對這件事有多少了解呢？

這是自己的事。政府只是替農人統籌計劃，只是使農民了解，只負推行的責任。

這是農人自己的事，政府的推行，還要農民們的合作，才能順利完成。

母親雖然不知道，鄰居們雖然不知道，他陳炎坤讀過書，知道這件事有多重要。他必須設法使母親了解，也必須使鄰居們了解。這是他的責任。

他明白，如果自己願意盡一點力，無疑對這次農地重劃的實施將可以助一臂之力吧。

他又想起那一天和邱村長爭執的事。他也聽說過，從前，這裡的農民們爲了給水的問題，曾發生過械鬥。如果農地重劃能早日實施，全面開設給水溝和排水溝，這種事就是不能完全根絕，至少，也可以減少到最小的限度了。

一般的說，農人是老實忠厚的一群，生活在樸實的環境中，如果不是不得已，誰願意發生衝突呢？

水是農民的生命線，水的問題如能解決，無疑農民與農民之間的問題就解決了一大半，農民間和睦相處的美風，也能維持久遠。

陳炎坤有些懊悔。如果他知道農地重劃要提前實施，有什麼必要和邱明賢發生衝突呢？他並不是一個喜歡懊悔的人，懊悔並不是年輕人的美德。這一次，他的確有些懊悔。

「你要忍耐一下。」母親說過。「不會很久的。」

母親當然不知道農地重劃的事。有些地方，他常常覺得母親有一種潛在的能力。也許，吃過苦的人都有這種特殊的能力吧。

能吃苦的確是一種美德。可是，不必吃苦的時候，爲什麼要有吃苦的義務呢？如果有什麼辦法，能改善人民的生活，一下子改善許多人的生活，還有什麼理由拒絕呢？

他不知道母親對這件事將會有什麼看法。他必須盡力說服她，這是他目前的責任，他也相信自己還能勝任。

他很明白，母親並不是一個頑固的人。她雖然沒有讀過書，也不識字，根據他自己的經驗，母親對於新的知識，或者可以說是新的觀念也會接受的。而且，她接受，也往往經過判斷，而不是一味盲從。

譬如說，這裡一般的農人都相信糞肥比化學肥料好。有些人自己的不夠用，連豬糞牛糞都加在一起還不夠，還到鎮上運。

也許，化學肥料價錢高，還要用米穀去交換，而且也不夠用，都是原因，必須配合糞肥，或堆肥。實際上最主要還是由於農人不容易也不肯一下子相信化學肥料的效力。這正如一般農民願意吃草藥，不願打針一樣。

阿福嫂並不是這樣的人。人家告訴她，她會靜靜的聽，只要她覺得有理，她也會聽從人家。尤其是炎坤考進農校以後，她更大量接受炎坤的意見，特別是農業技術方面的意見。有一次，她更准許炎坤的試驗，挑了最上面和最下面的兩坵田，讓炎坤分別施以化學肥料和糞肥來做一個比較。

在墨守成規的鄉下，這是一種很大膽的嘗試。在一年只種兩次的田，如果試驗失敗，對農人是一種很重的負擔。

這一次的試驗並不理想。這可能是技術上的問題。母親肯撥出一部分的田讓他做實驗，是很難能可貴的了。這一次實驗，他們至少發現化學肥料並不比糞肥或堆肥差，這是很重要的一點。

雖然，在學校，這是盡人皆知的事。在鄉下實地裡，卻不然。對炎坤本人來說，這一次實驗，至少證明學識有時還超過經驗，尤其是鄉下人所謂的「經驗」，只是一成不變地承受先人的一些靠不住的所謂「經驗」。

對其他的農人說，他不知道這一次的實驗能發生多大的影響，他至少明白母親對他的看法已完全改觀了。

就短期間說，每一次實驗都是一種冒險，甚至可說是一種犧牲。這一類的事，只能做長期間的計算。

不知是先天的，還是後天的培養，他很高興母親具有一種長遠計算的眼光。

雖然，母親可說一生都在貧困中度過，有時她也不會有過分謹愼的性向。這使炎坤有充分的理由相信母親也一定贊成農地重劃的實施。

至於其他的人呢？他也很難確定。也許邱村長會贊成，因爲沿山坡地開一條排水溝是必然的事。這在以前，要徵用他們許多田，這正是排水溝遲遲開不成的原因。這一次，損失可以由大家共同分擔，不必集中在一個人身上。

對邱村長他們說，這正是一個千載難逢的好機會。政府的原意，並不是幫助特定的某人，而是求最大多數人的最大利益。

邱村長對這件事的贊成，的確對它的實施有很大的幫助。因爲邱家是大戶，從許多方面而言，都是全村的領導者。

他一想到這裡，就又懊悔起來。那一天爲什麼要和他動手呢？

他並不是害怕。像邱村長那種人，有時還眞的想找個機會衝突一下，雖然他也知道這絕對沒有好處。

但是他還是有些懊悔。如果他知道農地重劃要提前實施，他是不會和他們衝突的。從長期間看，這可以抵消任何的損失。

他不是一個喜歡懊悔的人。他又猛踩著腳蹬子，轉入通往家裡的田路。近午的太陽，其猛烈有增無減。他突然想起了大姐月娥的話。在這一片田地裡，他們的，雖然只是一個狹小的竹圍，圍著幾間老而舊的茅屋，對他們陳家的人而言，這是一個中心。

他再踩了幾下，沿著籬笆拐入稻埕。母親在稻埕上用竹耙子翻著曬在上面的稻草。

「媽。」

「才回來？」

「媽，我們這裡要實施農地重劃了。」炎坤躍下車子大聲說。

「知道了，把車子順手推進去，外面太陽這麼猛，會曬壞的。」母親卻意外的平靜。

「媽，要提前實施農地重劃呀，我們這裡。」炎坤又大聲說。

「我知道了。」

「妳知道了。」

「我知道了，你先去吃飯吧。」

炎坤推著腳踏車，回頭看看母親，把車連抓帶拉推到屋裡，大廳上已擺好飯菜，小妹金鳳正坐在門邊矮凳上看著新發下來的初中課本。

炎坤把車子架好，脫下竹笠，把汗濕的背心也脫下來，到廚房裡水槽下，用井水把臉和上身沖洗拭擦一下，又回到大廳來。

「阿鳳，妳們還沒吃飯？」

「沒有。媽說等你回來一起吃。」

這本來也應該是一個大家庭，現在大姐二姐都已出嫁，三姐和四姐到鎮上做事，大哥去當兵，家裡只剩母親，小妹和自己，有時也難免覺得冷清清的。

「妳們快開學了吧？」

「還有一個星期。」

如果他們兄妹兩個人再去上學，這時候，家裡不就只剩下母親一個人了？

「媽，吃飯呀。」炎坤走到門口說。

「你們先吃呀。」阿福嫂連頭也不轉。

每次吃飯，母親總是最後吃，就是現在人少，也是一樣。

「一起來嚒，不然我們也要等一下。」

「媽，一起吃嚒。」金鳳也把書本放下來說。

「好嚒，好嚒，我就來了。」母親說，把竹耙子放到簷下曬不到太陽的地方。

「媽，我們這裡要農地重劃了。」炎坤看母親一坐下來，就立即開口說。

「我知道了。」

「誰告訴妳的？」

「阿順伯。」

「阿順伯？」

「他剛才來借量仔（大秤子）。」

「他怎麼知道？」

「他一早就到鄉公所去了。」

「我怎麼沒有碰到他……」

「什麼是農地重劃？」金鳳也好奇的問。

「阿順伯他怎麼說？」

「他說，變什麼有孔無筍的！」

「他不贊成？」

「他從來就沒有贊成什麼的。」

阿順伯的確沒有贊成過什麼。譬如說大便時，很多人都改用粗紙，他們卻一直堅持使用「篦仁」（竹的青皮稱「篦青」，用以做各種竹器，內部白的部份稱「篦仁」，則用以生火或揩大便），不管人家怎麼勸他們，說用「篦仁」不衛生，而且會傷到肛門。

「媽，妳呢？」

「你說我們應該要贊成嗎？」

「當然應該贊成呀。」

「土地重劃，對我們有什麼好處？」

「有許多好處呀。」

「呃？」

「第一、可以增加生產。」

「用肥料不也可以增加生產？」

「當然可以。不過，我們不能無限制的使用肥料，我們要用其他的方法。」

「可以增加多少？」

「反正可以增加。我們使用肥料不也可以增加生產，不過我們也不知道增加多少。這是因爲增加生產有許多因素。不過，我們可以相信一定可以增加生產。」

「爲什麼？」

「已有許多地方實施過了。據說，臺灣七十多萬公頃的土地，分十六年，全部要完成實施農地重劃，這只是時間的問題。越早實施越好。本來，農地重劃有過一段試辦時期和一段示範時期，試辦的結果良好，才使政府決心普遍實施。」

「我還是不懂。」

「媽，眞的，農地重劃有許多好處。」

「你說說看，具體的說說看。」

「好吧。」炎坤略微想了一下：「先說排水，我們可以造一條大排水溝，把水災的問題解決掉。不知多久了，我們就想要一條排水溝，卻一直沒有辦法做到。每次，颱風來，就要沖掉一些田，不知損失了多少。能減少損失，不也是一種增加生產的方法嗎？」

「這、這，我知道。可，可是造水溝的土地那裡來？」

「大家出呀，這對大家都有好處呀。」

「那重劃後的土地就比現在少多了？」

「可能少一點。聽說還可以把一些本來沒有用的地，或者不能耕種的地，變成有用的地。就是說，土地比原來的少了一點，我們所增加的收入，也足可以補償這種損失。」

「……」

「我們還要把坵塊弄大一點，可以減少許多田路，所以實際上土地減少不多。把坵塊弄大，可以便利工作，有機會，更可以使用機器耕作。而且，還可以把散在好幾處的土地，集中在一起，省下許多不必要的來回時間。」

阿福嫂靜靜的聽著，時而抬起頭，正眼看看炎坤說話，好像在詢問他。

對農人們來說，他們將再面臨一次重大的改變。上一次，耕者有其田辦法的實施，使他們面對了空前的重大改變。當時，在實施之前，甚至還有人懷疑過。但是實施之後，農民實際上有了許多好處，已沒有人再懷疑了。

這一次，卻不同，農民們雖然已有了耕者有其田的先例，但是農地重劃的利益，遠不如耕者有其田明顯，尤其是耕地的減少。他們面臨了這一次改變，心裡當然不免有許多不安。

炎坤也知道困難，他必須說服母親。如果他不能說服母親，如何去說服其他的人呢？

「農地重劃之後，可以直接排水，直接給水，水的問題可以直接解決。我們也不必天天去和人家爭吵水的問題了。」

水是農民們的命脈，水的問題如能解決，等於解決了耕種的一大半問題。

「你們母子兩個人不吃飯，卻一直爭著什麼呀？」是阿順伯的聲音。阿順伯一手提著「量仔」，一手提著秤錘，晃了進來。

「阿順伯，我們這裡要農地重劃了。」

「我早知道了。」阿順伯冷冷的說，把秤和秤錘交給金鳳。

「你不贊成？」

「我不贊成。」

「爲什麼不贊成？」

「土地減少了。如果土地能增加，我就贊成。」

「可是他們給你一塊更好的土地呀。」

「更好的土地？還不是原來的土地？而且削去了一塊？」

「阿順伯。」

「嗯？」阿順伯雖然身材矮小，性格卻是全田心村有名的頑固。

「這種事不能以短期間的得失來衡量的呀。」

「你是說，以後土地還會長大？」

「土地不會長大。政府所以要重劃農地，也是因爲土地不會長大。如果土地像豬像牛像雞像鴨可以長大，就不必花這一番苦心了。土地雖然不會長大，土地上的東西卻可以增加的呀。」

「你是說土地減少，生產反而可以增加？」

「對。」

「仙古！」（仙古是神仙的故事，意爲像神仙的故事動聽而不切實際。）

「阿順伯。」

「這件事，你最好去對村長說，也許，全田心村，就只有他一個人會贊成。」

有時，大家還以爲阿順伯有點蠢，但是聽了他這幾句話，一點也不覺得他蠢。他所知道的事，要比自己所想像的還多。炎坤突然想全力說服他，如果能把這個全村最頑固的老頭說服，其他的人大概不會有更多的困難了吧。

「阿順伯。」

「你不要再說了，我不贊成。我父親留給我一甲地，我死時，也應該留下一甲地，不是九分地。你知道嗎？」

「阿順伯，伯公過身時，你們一甲地一年收多少穀子？」

「一季五十石，一年一百石。」

「你現在收多少？」

「八十石和八十石，共一百六十石。怎麼樣？」

「是不是一樣的一甲土地？」

「一樣呀。」

「同一塊土地？」

「當然呀。」

「同樣的土地，你卻增加了一倍以上的收成了。」

「每一個人都增加呀。」

「你知道什麼道理？」

「我知道我有一甲地，他們沒有理由給我九分地。」

「如果你一甲地每年收一百六十石，而九分地可以收一百八十石，你要哪一種？」

「我要一甲地。」

「一甲地？你要一甲地一百六十石？」

「我要一甲地二百石。」

「嗤——」母親不禁笑了出來。

「既然九分地可以增加到一百八十石，一甲地當然可以增加到兩百石了。」

「阿順伯。」炎坤也覺得好笑。大家說阿順伯頑固，有時，他卻頑固得很有道理。「阿順伯，如果你只能在九分地百八十石和一甲地百六十石之間挑，你要挑哪一種？」

「我要挑一甲地二百石。」

「阿順伯，你現在的土地已無法一甲地二百石了，除非設法改良，而農地重劃也就是改良土地的一種方法呀。」

「誰保證可以收一百八十石？」

「在伯公過身的時候，有沒有人給你保證，將來一甲地可收一百六十石？」

「沒有呀。」

「實際上，是有人向你保證的。」

「誰保證？」

「專家們。」

「專家們？他們什麼時候向我保證？」

「他們沒有直接向你保證。他們是寫在書本裡，他們寫在向政府的報告裡，你只能相信他們。」

「不。」

「你只好相信。而且農地重劃，也可以節省許多時間。譬如說，你本來要三個人工作，重劃以後，卻只需要兩個半人，或者是兩個人。你必須工作十小時的，你也可以減少到八小時，不就可以省下來兩個小時？」

「省那兩個小時做什麼？」鄉下人不大清楚時間的重要，所以往往要爲了省兩塊錢車錢，去走一兩個小時的路，還以爲這樣合算。

「你可以編編竹器。」

「哪有那麼多的竹器？」

「也許你現在想不起做什麼，到時眞的有時間，也許就會想起來了。就是眞的沒做什麼，也可以睡睡午覺，休息休息。說不定眞的可以省下一個人來，叫他到外邊做工，一年也可以賺一萬幾千塊錢。」

「呃，」

「阿順伯。」

「我不贊成。」

「阿順伯。」阿福嫂也插嘴說。「說不定阿坤說的也有道理。」

「有道理？小孩子懂得什麼？妳沒聽到還要繳許多錢？」

「他們替我們造路，開水溝、當然要錢呀。我們要繳錢，卻很快就可以收回來呀。」

「阿順伯，眞的，也許阿坤說的不錯。」阿福嫂說。

「我反對，我反對到底。」

「爲什麼？」

「爲什麼？」

「反正我反對。」

「你反對可以，也應該說出理由呀。」

「這件事，說起來只對邱家有益。凡是對邱家有益的，我都反對。」阿順伯很認眞的說。在田心村裡，敢說這種話的人倒不多。

「對我們也都有益呀。」

「我不幹，只要對邱家有益，我就不幹！」

「阿順伯，」阿福嫂笑著說：「這對我們大家都有好處呀。譬如說，邱村長他們可以得到十塊錢的好處，我們也可以得一塊錢呀。也許還不止一塊錢呢。」

阿坤聽了母親的話，心裡很感動。剛才，他想還不知道要花多少口舌，才能說服她呢，現在她反而替他說話了。

「就是給我五塊錢，我也不幹！」

「給你五萬塊，給邱家十萬元呢？」

「不幹，不幹。就是給我十萬，邱家得五萬，我也不幹。你們母子兩個，不必再想說服我，我不幹，就不幹。」

「那你是反對邱家，卻並不是反對農地重劃的吧。」

「誰說的？」

「誰說都沒有關係，你來跟我們吃飯總可以吧？」阿福嫂笑著說。

「不，我吃過了。」阿順伯說，右腳已跨出門檻了，卻又回頭來：「我眞的不幹。」

阿順伯雖然這麼說，語氣卻很弱。炎坤看他出去，又回過頭來，和母親相望而笑，他們知道阿順伯的脾氣。

四

晚上九點鐘左右，何勇和陳寶桂在鎮上看完了晚間第一場電影之後，邀她到大廟口吃點心。

「不，我們還是回去好，媽會說話。」

「妳媽媽很嚴吧？」

「鄉下人嘛。」

「這一點，我是能理解的。」

何勇不知向她說過多少次了，這種事，陳寶桂也許要比他清楚得多。看電影不是做壞事，她知道。穿短裙，戴太陽眼鏡，坐在男人摩托車的後座上，因爲速度的關係，略微依偎，在鄉村間風馳電掣，也當然不是壞事。甚至於和男人跳跳舞，也不值得大驚小怪。

不幸的是，她生在鄉下，鄉下人看在眼裡不習慣，話也多了。自己知道還不夠，還要奔走以告，而鄉下，十里內外仍然是鄰居，每一個人都很熟悉，一個人知道了，等於告訴了所有人家，而鄉下人往往缺少自己判斷的能力，就像在看戲的時候，總把台上的人只分成好人和壞人兩種。陳寶桂並不怕鄰居，整個鄉村的嘴巴集在一起她都不怕。她只怕母親操心。

「媽，我並沒有做壞事呀。」

「我知道，我怕人家會講話呀。」

「人家愛講話去講好了，只要媽相信我。」

「我可以相信妳。不過妳年紀也不小了，媽像妳這年紀已做媽媽了。妳覺得那姓何的如何？如果妳喜歡，我們也可以叫人去打聽打聽。」

「我自己也不知道，也許他不怎麼適當。」

「既然不適當，就不要再和人家往來，免得人家說話，萬一有人來打聽，不是要吃虧？」

「他只是請我看電影，看完了用車子載我回來。媽是說，讓人家請客，就要嫁給人家？」

「不，媽不是這意思。我們何必無緣無故讓人家請客？要看，可以跟工廠那些女孩子去看，自己看自己的，何必一定要請來請去。妳知道鄉下人見識少，不知要怎麼說呢。」

「妳不打算嫁人，就不應該讓人請客。」母親的看法也是那麼保守。母親也許沒有錯，整天讓男人載在摩托車上，還有誰敢接近她？

母親從來不對她發脾氣。她知道這件事多少會使母親操心，這是她最在乎的。她也有意思想和何勇分手。但他再邀她的時候，她又無法拒絕了。

何勇長得並不算討厭，長長的臉，也許有點過長，五官卻也算端正。講話斯斯文文，一點也不像鄉下人，又土又粗。

陳寶桂側身坐到後座，何勇把發動機踩動，車子駛離了燈光輝亮的街上，轉入漆黑的鄉間。

車燈照著前方，在車燈照射處，蚊蚋蝶蛾飛過，閃著白色的光，由遠而近，不時撞到擋風板上，也撞上頭盔和擋風鏡，向後飛逝，一下子沒入黑夜之中。

陳寶桂坐在後面，雙手緊緊抓住皮帶，頭部略微依在阿勇背部，不讓頭髮吹散。

不到十分鐘，車由縣道轉入鄉道，再一兩分鐘又由鄉道轉入村道，何勇忽然把車子停下來。

車燈一熄，四周是一片漆黑，只有天上的繁星，和星光下一撮一撮黝黑的竹圍，遠遠近近羅布在田地間，和遠處山巒的稜線，劃出一點輕微的對比。

「怎麼啦？」

「寶桂。」何勇說，回過頭來，慢慢湊近她。

「不要這樣。」

「只輕輕的。」

「不行。」陳寶桂的聲音有點冷峻，心裡卻跳得厲害。

「妳什麼時候才答應我？」

「你不要再這樣。」

何勇用一隻手輕托她的下巴，然後又把她的臉連頭摟過來，把自己的嘴壓到寶桂嘴上。

寶桂用力一撥，何勇也同時把手放開。寶桂從後座躍下，也不顧何勇，獨自往前走開。

「寶桂。」何勇在後面叫，寶桂並未理會。

他推動摩托車，慢慢跟了過來。

「寶桂，是我不好。」

她不理他。接吻也不是壞事，只是太突然了，她的心臟仍在跳盪著。她不能理他，不然，他會再找機會吻她。

接吻並不算什麼。他們交了這些日子，誰會相信連接吻都沒有過？母親會相信嗎？她並沒有理由拒絕一個吻，這全是爲了母親，爲了可以理直氣壯地告訴母親：「媽，請妳相信我。」

「寶桂，是我不好。」何勇坐在機車上央求著。

「不要囉嗦了。」寶桂故意裝著生氣，心裡卻覺得不免把話說重了。她一時也想不出更適當的話，一溜口就說出來了。

剛才，雖然沒有吻好，她的嘴唇上已留下了男人的氣息，接吻一定不錯，怪不得剛才那外國電影，從頭到尾一直吻個不停。

如果不是想到了母親，她也許不會這樣的吧。男人總是有自尊心的吧。雖然她不知道應不應該喜歡何勇，卻也沒有理由一定要討厭他。

「寶桂，妳上來吧。」何勇一路央求著。

寶桂停了腳步，冷冷地望著何勇。一個人爲什麼不能做自己想做的事？只因爲她是鄉下人？鄉下人就沒有快樂的權利？

他會吻她，會向她求婚。她可以答應他。他雖然也沒有什麼特別的地方，卻也不致令人討厭。

其實，全工廠裡，她所接近過的，或者可以接近的男人，似乎也沒有一個人有什麼特別的地方，似乎也沒有一個人比何勇他有什麼更討人喜歡吧。

街上雖然也有不少男人，那些人似乎和自己並沒有關係似的，而她現在也已二十多歲了。二十多歲並不算大，母親在這種年紀，早已做了母親。

「以後不要再這樣喔。」

她雖然這麼說，心裡卻想著，如果這時候，他再轉過頭來吻她，她也許不會拒絕。問題是何勇這個人，是不是有這種勇氣。

「我不會了。」何勇回答的很溫馴，這使她寬了心，同時，也感到有些不滿。

何勇又把車子開動，他似乎已沒有什麼其他的念頭，只想一心一意把她送回去。

大約又走了兩三分鐘，何勇突然把車停了。

「什麼事？」

陳寶桂還不知道發生什麼事，只看到突然有一個人閃到她面前。她一看幾乎叫了起來。那個人從頭蒙上一塊黑巾，只有兩個黑黑的洞，也看不清楚眼睛。

那個人走過來，先把她的裙裾往上一拉。

「做什麼！」她厲聲說，把裙裾急按回去。這時，她看到另外一個人站在另一邊，也是同樣的裝束，手裡還握著一把岸刀。岸刀是長柄寬刃的鐮刀，用以砍修田路兩側的草。

「你們到底做什麼？」

他們並不答話。這時，站在另一邊的人伸手拉了拉她的裙頭。她回頭，也把他的手用力摔開。這時兩個人再也不由她分說，把她由車上拉下來。

「你們……」何勇喃喃地說。他一句話還沒有說好，兩個人之間一個突然把岸刀一晃，用手揮了一下，示意他回去。

「你們？」

手拿岸刀的那個人，突然把岸刀倒提，用刀柄向何勇脇部就是一撞。動作並不快，卻著實有力。

「哎唷。」

那人把岸刀在他面前再亮一亮，又是把手一揮，叫他原路回去。

何勇把車子倒回頭，把油門一催。

「何勇。」寶桂叫了一聲。

何勇好像又猶豫了一下，那人又用刀背在他肩上一推，何勇一上檔，「噗」的一聲，由原來的路，頭也不回的馳走了。

「你們到底想做什麼？」寶桂看何勇已去，聲音也有些顫抖。他們兩個蒙面人只是不回答。她把手掙了一下，卻怎麼也掙不開。

兩個人拉著她的手，要把她拖進路邊的竹叢。她想呼叫，這個地方叫也沒有用，又看他們拿著刀，頂多只會增加生命的危險。

兩個人拉她，她曲起兩腳，把重量加到兩人身上，也不叫，也不掙扎，故意低垂著頭。

「昏過去了？」右邊一個說，把岸刀摔開，改由雙手扶攙著她。那聲音有點熟。

「噓！」

他們把她架了一、二十步，也許是因爲她的重量，也許是想找什麼適當的地方，突然停了下來。

寶桂把眼睛略微睜開，看兩個人都打著赤腳，腳盤就在自己的眼前，當她的腳尖剛一著地，看自己一吋高跟還留在腳上，用左腳尖一點，右腳猛然往那赤腳的腳盤用力一踩。

「唷！」

右邊那個人輕哼一聲，把手略微一鬆，寶桂往後一退把手掙開，左邊的一隻手卻還被人緊緊拉住。

左邊那個人把手一拉想把她的右手也抓住，她突然伸出右手，用五指猛向對方的眼睛一扎。

「哎唷！」又是一聲。

她以爲脫了身，另外一個人已過來由背後抱住了她。

「放手！」她嚷著。

背後那個人緊緊地抱住她。她想掙扎，卻掙不開。她想用腳踢他，這一次，他似乎已有了戒心。她想用牙齒咬他，他用力把她的手猛然往後一扳，她的手臂好像要折斷，她幾乎受不住疼痛，整個身子都癱了下來。

前面那個人用手掩住一隻眼睛，站到她的前面，用手勢叫她背後那個人把她架上來，伸手拉著她的衣領，往下一扯。她想掙扎，已完全沒有氣力了。

前面那個人用力把她的上衣拉開，再把她的奶罩猛扯下來。

「做什麼！」她的聲音已不成聲音了。

那個人把奶罩一摔，俯下身子，把手放在她的腰帶上。她看他身子一低，鼓起全身所有的力氣，腳舉向他猛踢過去。但是她的腳一伸，就被他順手一拉，整個身子向上浮，完全在對方的手中了。

前面那個人，用手臂挾住她的腿部，另一隻手猛拉她的裙頭，用力扯了下來。

「篤、篤、篤。」在她背後，好像有人用什麼東西敲打著。

兩個人一聽到聲音，交換了一個眼色，把寶桂往地上一摔，迅速地跑開。

陳寶桂坐在地上，望著他們跑出竹叢，那時她好像看到了另一個影子。但她也不想去追趕。她全身虛脫，這時候，就是有人想把她怎樣，自己也不知道是否還有力量抵抗。

竹叢下比外邊黑，竹葉縫裡還有一點微光，可以看到自己的軀體。她把衣服摟在胸前，衣服已破了。她想找奶罩，就是找不到。

早知道會有這樣的結果，不如讓給何勇。但是當她一想到何勇，就不禁感到忿怒。他爲什麼就逃開呢？因為他怕岸刀？

每個人碰到這事情當然會害怕。他卻像一隻挨了悶棍的野狗，夾著尾巴，帶著滿天的慘叫，連頭也不敢回地逃走了。她想著，不要說是接吻，如果何勇是一個敢把她壓在地上的人，她也會讓他。但他不是那種人。人家把岸刀一晃，就拔腳跑開。

她突然抬起頭來，從竹葉縫裡看到一點一滴的天空，正在閃著明明滅滅的星星。

她覺得可笑。是他可笑呢？還是自己更可笑？

她咬住嘴唇，眼淚不停地流下來。

她把衣服抓成一團，把眼淚揮也似的擦掉。她知道這個竹叢是阿發伯的竹筍園，一崙一崙的土堆，把一叢一叢的綠竹從竹根掩起。

以前，好久以前了，邱家一個長工在這裡吊死了。自從小時候，就傳說這裡有鬼。

也許，這裡眞的有鬼。她一點也不怕。她只想到了自殺。死有什麼可怕，只要像邱家長工，把頸子一掛，不就行了。現在，她的衣服卻破成這個樣子。如果她死了，不是要掛在這裡大大的出醜？

她死了，也許什麼都不知道。她想起了母親。每當面臨了重大的抉擇，她就常常想起母親。母親的影子，好像就站在自己的眼前。

她還記得前些日子，颱風那天，母親叫大姐月娥回去，大姐離開以後，母親整整的哭了一個下午。母親從來就沒有這樣。是不是因為年紀大了，人也衰老了呢？從前，輕易也不哼出一聲的母親。

如果她這樣子吊死在這裡，母親會怎麼想呢？母親一定會發瘋吧。

她也想起了姓邱的。聽說就是那一天，阿坤把他推倒在田裡。今天，會是誰？爲什麼要這樣對付她？難道是邱家？不然還會有誰？

他們故意蒙著臉，故意不說話。爲什麼呢？當他們進入竹林的時候，有一個人曾說了一句話，那聲音雖然是壓低著說出來，卻也有些熟悉。好像曾經聽過，只是沒有辦法辨認出來。由這許許多多的跡象推想，她相信，今天晚上這些人應該是她認識的人。

「那會是誰呢？」

「爲什麼呢？」

「他們如果想強姦她，不就得手了？爲什麼又突然走開？」

她好像還看到第三個影子。「那是他們的一黨？」

她本來想叫嚷，但又想到自己的樣子。

「那第三人會是誰？」

她又想到了死。要死也要回家去。無論如何，她必須見過母親。母親會怪她嗎？不管母親會不會責怪她，她必須把今天晚上的事告訴她。

母親一定會爲這一件事感到痛苦的。對母親而言，苦惱的事已太多了，她還是要告訴她。因爲她是母親。想來想去，也只有母親會聽她。母親也許會責備她。如果她的確有什麼不對，她還是要甘心受責。至於以後的事呢?那也不必再去想它。

她把衣服展開，認出上下前後，也不管破了多少，再把它穿上。這時候，她才發現自己的裙子不見了。

她在附近尋找了一下。地上雖然很黑，卻還依稀可辨。她把可能的地方都找過，卻也找不到。她的奶罩也找不到。

是不是那些人拿走了?那他們拿它做什麼?剛才，她只覺得她從腰帶以下，被人一手扯開。她卻只找到了襯裙。

她把襯裙穿上，一手提著鞋子，一手緊抓著胸口。這時，她才發現眼淚已乾了。她只是想著母親，母親看了她這樣子會怎麼樣呢?

這並不是她的錯呀。如果母親會怪她，那便是她常常這麼晚回家。現在很晚了吧。這時她才想到自己戴著手錶。手錶還在。她把手抬起來看，聽一聽，錶好像停了。

天上沒有雲，也沒有月，只有無數的星星，這時顯得更加明亮。今天是月底吧，還是月初呢?從前，還沒有認識何勇之前，她就記得日子，因爲那一段時間，有時要趕夜路回家，自然也會注意到月的盈虧。

這一段路，今天晚上顯得特別長。路上沒有人，只有水蛙聒噪的叫聲。

何勇不會回來嗎?他就是不敢自己回來，也應該帶人來看看她呀。難道他連報警都不會嗎?

如果他去報警，這時候也該來了吧。

這時候，她不願意見到任何人，包括那何勇。她不願意人家看到她這個模樣。不，也許她應該讓何勇看看她這個樣子。

「這和他沒有關係呀。」她想。

「眞的沒有關係嗎？」她反詰自己。

「不要再去想他！」她命令著。

「他是不値得的。」好像有了結論。

「但是他也沒有錯呀。任何一個男人碰到這情形，也都只好如此呀。」

難道她還要求他爲她挨上一刀？難道就沒有男人在這情形下爲女人挨一刀的嗎？她有什麼權利要求？連一個吻都捨不得給人？她不能把責任推到人家身上。她卻有權利決定該不該喜歡這一個人呀。

他難道連叫一聲都不會？難道他願意看到她白白的受辱？以換取生命的安全？

「懦夫！懦夫！」

她終於有了結論，也似乎是最好的結論。在沒有發生這件事之前，她決不會有這一個結論吧，至少也不會有這麼明確的結論。她只是不大了解，爲什麼要發生這事情呢？

她走到通往自己家的小路，不禁回過頭去。自己剛剛走過的，是一條長長細細的路，路在黑暗中消失。路上仍然沒有人。

這時候，如果何勇能趕來，她還有可能改變自己的決心吧。其實，她也這樣希望著。也許，她也應該讓他看看自己這一副模樣的吧。

黑暗中，仍然一片平靜。

陳寶桂伸手想拉開籬門，忽然猶豫起來，母親是不是還在稻埕上乘涼？母親雖說是在乘涼，她也知道，實際上是在等她回來。她曾經想把今天的事告訴母親。這時候，她一看到自己這種狼狽的樣子，覺得這完全是自己的錯，不能讓母親見到。母親並沒有在外面。

她把籬門輕輕掩上，走過了稻埕，套上鞋子，把大門輕輕的推開，大門發出「咿啊」的一聲。雖然那聲音很輕微，在這靜夜裡，已夠響遍整個屋子了。

她把房門推開，又輕輕帶上。房間裡是一片黝黑。她還是把胸口緊緊的抓著。

「秀琴已睡著了吧。」寶桂想。秀琴一向都是七八點鐘就上床睡覺。

「寶桂。」母親低沉的聲音從隔壁房間傳了過來。

寶桂心裡悸了一下。她知道母親還沒有睡。母親一向如此，不等到她回來是不會睡著的。有時，就是睡著了，一聽到自己的腳步聲，也會突然醒過來的。不過，母親從來不叫她。

「寶桂。」母親又叫了一聲。

「嗯。」寶桂輕應了一聲，自己的聲音好像有點不自然。

「姓何的今天沒有送妳回來？」

「嗯。」

母親怎麼知道呢？一定是沒有聽到摩托車的馬達聲吧。她突然覺得很想哭。從什麼時候起，母親就這樣關心著她呢？母親有時候也說她不應該常常玩到那麼晚，怕人家說話，卻一定要等到她回來才能放下心。

她突然覺得自己是母親煩惱的根源。自己爲什麼不能像妹妹那樣，又聽話，又不找麻煩呢？剛才那愧疚的心理又湧起來了。

她默默地等著，也默默的想著如何回答母親的話，心裡卻是一片混亂。她也想著何勇。現在任何人提到他，甚至於母親，她也會有一種受欺騙的感覺。

他的任何一句話，在這時候，都變成了一種虛假，他所有的答應，都是一種欺騙。

如果換上另外一個人，今天晚上的事，又會怎樣呢？她不知道，她也不想知道。她只知道，不應該是何勇。

在路中，她害怕他追回來。她怕他看到自己這難看的樣子，也許他還會帶個警察或什麼來。她還是希望著，雖然還有些害怕，他眞的能追回來。她並不是希望他來安慰她，她只想，做爲一個男人，也應該有點勇氣，而且只要有一點點關心她的勇氣，他就會回來。

如果他來，她會答應的，她會答應他任何的事，只要他還願意。他沒有來，到這時候還沒有來。

本來，她一直壓抑自己不去想他，母親卻又偏偏提起他。是她自己看錯了人，難道母親也看錯了。

何勇是不值得的，而她自己呢？豈不是更不值得的？她鄙夷著何勇，而反過來，卻覺得自己不知要更卑微多少倍。

她知道這時候他已離開她那麼遠，也許比天上的星星還遠，她胸腔內漲滿著悔恨的感覺。這是很近的，是可以用手捉摸的。她把衣襟緊緊抓住，很想把那股莫名的悔恨一直壓縮著。她感到窒息，也許窒息反而會覺得舒服些吧。

「寶桂。」

「嗯。」

「灶頭還有些魚圓湯，不知冷了沒有？」每天，母親總是要替她留飯菜。

「好的。」她的聲音很小，幾乎連自己都聽不清楚。

「寶桂，妳怎麼啦？」

「沒有呀。」她很想哭，還是把牙齒咬緊，扭開了電燈。也許這樣子可以減少一些猜疑吧。

電燈一亮，她突然感到自己好像在受審判一樣。她把抓住胸口的手一鬆，自己的胸脯在燈光下露出來了。左邊白色的乳房上，有四五道鮮明的爪痕。她的上衣被撕下了一大塊。

「爲什麼呢？」

「會是誰呢？」

她也曾經看到過自己沒有穿裙子的樣子，也看過現在這個樣子，今天晚上卻很不同。有人強把她的裙子脫下來。現在，她雖然再穿上了內褲和襯裙，他們一定什麼都看到了。

「他們會看到嗎？」

「爲什麼呢？」

「裙子呢？還有奶罩呢？」

他們好像並不是要侮辱她，如果他們想這樣，她也一定沒有力量抵抗吧。

「爲什麼呢？」

「是他們帶走了嗎？」

「是變態心理嗎？」

她的頭腦已很混亂，一點也得不到結論。她已完全失去了分析的能力了。

「會是邱家嗎？」

「爲什麼呢？爲了上一次阿坤和他們爭執？」

她的衣服上全是土灰，襯裙上也是。她把襯裙略微拉鬆，裙帶並沒有斷。這時，她看到小腹上也有幾條紅色的爪痕。

這就是她追求快樂的結果？這就是快樂嗎？

她轉頭看著秀琴。妹妹睡得很熟，清秀的臉上，是一幅安詳平靜的畫。

大家都說秀琴長得比自己漂亮。那是因爲她有一雙大而黑的眼睛。

她一直凝視著妹妹的臉。她那又大又黑的眼睛現在已完全蓋在眼皮下了。她仍很美，也許比睜開眼睛時還要美。

她從來就沒有好好的看著妹妹。每天那麼晚回來，妹妹都已睡了。妹妹的確美，圓圓鼓起的臉頰，還略微泛著紅潤，細細的眉毛在眼皮上輕輕一掃，直直的鼻子下，微張著薄薄的嘴唇。

這時候，陳寶桂所看到的，不僅是美，在美之外，妹妹的身上好像還漾著些什麼別的東西，而那別的東西卻是她所沒有的。

「那就是幸福吧。」

她曾在外邊追逐著幸福，想不到幸福卻靜靜地躺在家裡。她好像跑了許多路，而又發現自己並沒有離開原來的位子，只在那裡不停地踏步。也許比踏步還不如，還不斷地倒退呢？

她感到全身疲乏，頓時四周的一切都失去了意義。

她感到，過去對她只是一種否定，而未來呢，又會比過去更好嗎？

她看著衣廚上一瓶ＤＤＴ和一只噴筒。也許只有這才能否定一切的否定吧。如果它不夠力量，倉庫裡還有一些更強烈的農藥。

她想伸手，又忽然間想起了隔壁房間裡的母親。她可以死，母親會怎麼樣呢？自從她懂事，就總覺得母親沒有快活過。

她還是要死。人家爲什麼無端侮辱她，而何勇又逃之夭夭呢？她又看了看妹妹安靜的樣子。她要死，她什麼都不要想。然而這時，母親的影子卻勝過一切，在她的眼前不停泛大著。她看到了母親關切的眼神，她那從沒有舒展過的額頭。還有她那粗糙的手，長年泡在污水裡任其腐蝕的腳。

「媽。」她輕聲的叫。

「什麼事？」母親也輕聲的問。

「媽！」突然她盡最大的聲音嚷了出來。她已好久沒有這樣叫過母親了，像以前小孩時一般。這一叫，好像把整個鬱淤在心裡的悶氣一下子都排了出來。

「什麼事？」母親一下子打開門進來。難道母親就站在門外嗎？

「什麼事？」母親抓住她的肩膀。

她想再叫一聲，卻好像失去了語言，她一句話也說不出了，只是睜大著兩個眼睛，怔怔地瞪著母親，眼眶已漲滿了淚水。

「寶桂。」母親輕輕搖著她的肩膀，又拍著她的臉頰：「什麼事？」

寶桂頭腦裡還是千頭萬緒，不知從哪裡說起。

「是何的？」

寶桂把頭用力地搖了一下。

「不是何的，是誰？」

「不，不要再提到姓何的好嗎？」她好像在央求，她的聲音卻很粗啞。

「是誰幹的？」

寶桂還是搖著頭。母親一直撫摸著她，摸著她的臉，她的背部，使她安靜下來。

「是怎麼回事？」

「我們走到阿發伯的竹圍那裡，突然……」寶桂把剛才發生的事約略說了一下。

母親也撫摸著她的胸部的傷痕。

「妳等一下，我去給妳倒燒水。」

寶桂伸手把母親抓住，她的手只是發抖，好像一點力氣都沒有。她害怕母親一下走開，會完全失去了依憑。

「媽，妳不要走開。」

「沒有關係，我替妳倒水就來。」

「媽，我要死。」

「什麼？」

「我要死。」寶桂指著衣櫥的ＤＤＴ。

「什麼？不行！」

「媽。」

「妳不能死。妳死了媽媽怎麼辦？妳死了，媽還能活嗎？」

「可是……」

「妳等一下，我先去燒點水，等一下，妳先把身體洗一下。」母親說，順手把ＤＤＴ也帶走了。

既然決心要死，爲什麼還叫媽媽呢？是自己的意志還沒有堅定？不。她的確想死，只是這時候自自然然地想到了母親。

自從父親出走以後，母親就把家庭的擔子扛下來。也許父親還沒有出走之前，就已經如此了。家裡每一個人，對母親而言都是一副擔子，而且還不停地在那上面加著重碼。

其實，寶桂她自己，就是最重的擔子。小時候，她就一直虛弱，甚至於給「蚊子踢了」也會生出一場病來。就是現在，也還是一直使母親煩惱。

「寶桂，水好了。」母親說，已進來了。

寶桂默默地跟著出來，走到廚房前停下來望著母親。

「妳把衣服脫了，我來替妳洗。」

「我自己可以洗。」寶桂說，把破衣緩緩脫下。放在井蓋上。

母親走過來叫她蹲下，把手放在水裡試探溫度，然後在她的肩背上拍了幾下。以前，一直到十多歲了，母親還常常這樣替她洗澡。家裡每一個人都笑她。而現在，她站起來已高過母親半個頭了。她知道她不能拒絕。她實在無法拒絕母親。

「會痛嗎？」

母親的手在她身上撫摸著，有時也停下來，看看她的傷痕。

「不。」她好像有些麻木了，尤其是肉體上的。她突然明白母親爲什麼想替她洗澡的原因了。

「沒有關係的吧。」母親摸著她全身所有的地方說，最後拉起她的手。

「哎。」

「怎麼了？」

「痛。」她好像在這時候，才第一次感到疼痛。

「哪裡？」

寶桂把手指伸給母親。右手的中指整塊指甲已掀開，都染著紫紅色的血。這是最小的地方，這時候卻痛得最尖銳了。她記得曾在對方的臉上猛扎一下。

「沒有什麼。」也許眞的沒有什麼。這時候，也只有母親一個人可以說這一句話吧。

母親替她穿好衣服，完全像從前一樣，只是現在母親比自己矮一截罷了。

「今天晚上，妳跟我睡。」

「不。」

「爲什麼？」

「我要安靜一下。」

「妳不能再做傻事，知道嗎？」

「嗯，知道。」

母親好像還不能放心，一直看到她躺下，還替她蓋好被子，然後坐在床沿上。

「媽，妳去睡覺吧。」

寶桂在秀琴身邊躺下來，母親還一直撫摸著她的傷痕，把她的手捏了一下，有時也把那受傷的手指拉到嘴裏吹一下。

她有一種幻覺，好像自己又回到孩提時期，如有可能，她眞的希望自己還是個小孩。

在這整個的過程，母親沒有責備過她一句話。

五

早晨，太陽已出來了，只是還逗留在東方連綿的山巒以下，把稜線頂上的天空染成一片燦爛的銀白光。在這峽地裡，太陽比其他的地方都出得遲一點。

邱錦章把鋤頭扛在肩膀上，走出牛檻間，準備先把田水排乾，等大家吃完早飯，一起到田裡挲（除）草。

他走到後壁溝，放眼一看，田畝裡是一片艷麗的綠色，其間點綴著除草人的白色衣服。稻子長得很快，每每，在一夜之間，就可以看到它們的生長。

這一次颱風，在這裡曾帶來了不少的災害。山坡地恢復較慢，樹倒的倒，土被沖下來的，仍然呈著一片褐紅色的土皮。

田地恢復較快，除了一部分被水沖掉，或被土埋掉的，暫時不能耕種，一般的水田，能夠補救的，農人們都已盡了力，該補插的，也都重新補植新秧，或由已種好的地方分植三兩株過來，現在都開始第一次除草了。

阿順叔他們父子三人，都已開始工作了。他們的田也不多，工作的速度也比較緩慢，每次，不管是插秧，除草，收割，都起得比別人早，先工作一番，再回家吃早餐，而收工也都比人家晚。

他們知道自家人手少，工作比別人家慢，另一方面又請不起幫手，也不願意請，甚至連換工都不願意。他們有他們的理論，一天如果能多工作兩三個小時，那一天就能夠多出半天來。做一個農人，除了多做一點工作，還有什麼更重要的呢？雖然他們嘴裡不這麼說，心裡卻一定這樣想的。

阿順叔是全村出名的頑固，他的年紀雖然沒有村長邱明賢大，有些地方，卻要比村長守舊得多。

譬如說，現在農人們都知道在除草之前施肥，比除草後施肥有效得多，他就是不聽。他的理由是，先施肥，如果是糞肥，會引起皮膚上生瘡發疹。如果是化學肥，在早晨挲草之前施，露水還重，沾在稻葉的肥料本身就是損失，而且沾到肥料的地方，稻草還會枯黃。所以每一次，他都照自己的方法，或者可以說是照他父親的方法工作。他明明看在眼裡，人家在挲草前施肥的，就是施一樣的量，稻子要比他的茂密得多，他還是固執著自己的方法，一年復一年。

「阿順叔，好早呀，已快挲出一半來了。」錦章笑著喊了一聲。

「沒有呀，你們人多，一下子就趕過去了。」阿順叔匍爬在泥田裡，頭也不抬，兩手在稻子間迅速地摸挲著，有時，把較大的雜草用手擠進泥土裡，讓它腐爛，然後又向前爬行。

阿順叔他們爬過的地方，露水抖落，稻葉也顯得更加蔥翠。

一兩坵，本來種蔬菜的，雖然蔬菜在這次颱風裡已全部報銷，阿順叔他們卻立即播下杏菜的種子，而且播得很密，現在可以拔一部分出售了。

這也是阿順叔的做法。實際上，現在幾乎每一家都學他這樣做了。颱風一過，蔬菜一定漲價，而杏菜卻一、二十天就可以採收，也可以彌補一點損失。

邱錦章一邊看著田路兩邊的稻子和蔬菜，走到田中的小水溝，再穿過水溝上的竹屏，突然看到大概在自己的田和陳家的田的境界聚了許多人，在張望著田裡豎起的一根桂竹，竹子上不知還掛著些什麼東西。本來是一片靜謐的田地，這時開始起了一點騷動。

「阿順叔，那是什麼東西？」

「什麼是什麼東西？」阿順叔應了一聲，仍然沒有抬起頭來。

錦章也不等他回答，在長著許多野草的田路上跨著大步，走到了人堆裡。

「什麼事？」

「你看。」

他望上一看，在阿福嫂她們的田邊，豎著一根新砍下來的桂竹，像上元夜，人家在鎮上媽祖宮的廟庭上用以掛著煤油桶讓人家轟炮台的竹子，也像前些日子，用以掛水燈的竹竿，底下的枝葉都已修剪清楚，只留下尖頭一撮枝葉，上面垂掛著一些彩布。

「那是什麼？」

「裙子呀。」

「裙子？」

「另外的呢？」

「就是什麼叫奶罩之類的東西吧。」

「是誰的？」

「還會是誰？一定是寶桂的東西。全村子只有她一個人穿著這種短裙，也只有她戴這種奶罩。」

「你怎麼知道只有寶桂她戴奶罩？」另外一個問。

「寶桂的東西怎麼會跑到這上面？」邱錦章也不理，繼續問。

「誰知道？爲什麼不去問問她自己呢？」在這村子裡，有許多人對寶桂平時的衣著和行動表示不滿。

邱錦章仔細地看了一眼，那的確是一條短裙和一副奶罩。那短裙正是時下鎮上所流行的那種又薄又柔的料子。是綠色，淡綠色，橙黃色和檸檬黃相間的花料，雖然沒有風，竹梢尖卻不停地盪著，而那裙子，也好像在不停的飄動。

那裙子好像已裂開兩三條縫，有點像迎神送佛的行列裡，那些子弟旗的總子，不停輕晃著。

「快走開，阿福嫂來了。」有一個人說，站在田路上的人，都迅速退開。

下，又繼續跑過來。

「你們看什麼嚒，有什麼好看！」阿福嫂的聲音有點沙啞，卻尖厲而有威力。

「誰做了這種事，我會找他算帳的。」阿福嫂說，憤憤地想把竹子拔出，卻沒有拔動。

「媽。」陳炎坤在遠處大聲喊著，向這邊奔跑過來，有時像老鷹張開雙手，略微使身體平衡一下，又繼續跑過來。

「什麼事？」炎坤跑過來，氣喘吁吁的說。

「把這竹子拔起來！」

炎坤雙手把竹子先轉一轉，再用力一拔，竹頭削尖的一端插入土內足足有兩尺深。

「阿福嬸，是什麼事？」邱錦章問，看阿福嫂整個臉部都發白了，嘴唇不停地抖動著。

「……」她好像要說話，卻說不出來，只是眼睛狠狠地瞪著他。

「媽，什麼事？」炎坤也好像不知道。

「阿坤，你，你回去。什麼都不要說。」阿福嫂用力把裙子扯下來，揉成一團捏在手裡。再轉頭望著錦章說：「阿章，這一件事你老爸一定知道，想知道，就請你回去問問他，並且告訴他，我一定不會把這一件事就這樣放過去的。」

「阿福嬸……」邱錦章不知道阿福嫂今天爲什麼生這麼大的氣，她是從來不大發脾氣的。

「這件事和你沒有關係，我知道。不過，你也該知道你老爸是什麼樣的人。」阿福嫂說。她的臉色還很蒼白，但是語氣已平靜許多了，好像剛才他所看到的是另外一個女人。

邱錦章離開阿福嫂，把田水一放，就扛著鋤頭回去。在路上，他還不斷地回味著阿福嫂的話。

當他回到家裡，父親和錦炳都已在吃飯了。長工阿進也在，只是看不到阿隆。自早晨起床以後，他就一直沒有看到阿隆。

「阿隆呢？」

「他身體不舒服。」邱明賢說。

錦章覺得奇怪，以前，除非患了大病不起，父親總是一大早天還沒亮，就要把長工們叫起來，如果他們敢稍微遲緩一下，就一定要臭罵他們一頓。而阿隆又是一個名副其實，身壯如牛的人。

「我去叫他起來。」

「不用了。你自己趕快吃，阿順他們已工作大半天了。」父親的語氣倒也溫和。

「生病也要吃飯呀。」

「我說你不要管，你沒有聽到？」父親的聲音有些不同了。

「爸。」錦章坐下來。

「什麼事？」

「剛才我去巡田水，阿福嫂她們田裡，有人在那裡豎了一支竹子。」

「唔，竹子怎麼樣？」

「竹子上面掛著寶桂的裙子。」邱錦章說，眼睛瞪著父親。父親的臉紅了一下。

「裙子怎麼會上去？」

「有人把它掛上去的。」

「是誰？」

「你不知道嗎？」

「我怎麼知道？」

「有很多人在看。」

「噢。」

「阿進！」錦章看坐在對面的阿進一直低著頭，而且越垂越低，突然大聲叫他。

「呃。」阿進的聲音有點顫抖，心一悸，手一盪，哐啷，整個碗連飯帶菜掉到地上。

「阿進！」

「你不要多管閒事。如果有誰給她們好看，那也是報應。也許就是她們七月半沒有拜好，那些好兄弟來找她們討吃呢？赫、赫、赫。」邱明賢突然乾笑了幾聲，眼睛卻瞪著錦章不放。

「爸。」

「你也趕快吃，不關你的事，你就不要管。一個女孩子穿著那個模樣，當然會有人看不順眼。」

「爸。」

「不要再說了，快吃，吃好了快去挲草。」

錦章不聽他，突然站了起來。

「你要去哪裡？」

「我想弄明白。」錦章往長工們睡覺的「角間」大步走過去。

「錦章！」邱明賢也跟在他的後面。

「阿隆。」阿隆並沒有動，看來是故意把被單從頭蒙住。

「錦章！」父親已跟到後面來。

邱錦章突然爬到床上，用力把被單揭開。阿隆用被把臉覆住。錦章把他的手扳開。阿隆左邊的眼睛整個腫了起來，眼眶凝著紫色的血。

「原來寶桂的事是你幹的！」

「不，不是我，我沒有做什麼。」

「錦章！」

「還有誰？」

「還有……」

「阿隆！」邱錦章猛回頭來看他的父親。

「畜生，你把我當著誰！」

「汪，汪。」是庫洛的吠聲吧。

「不要吵了，你看阿坤在那邊走來走去呢。」阿賢姆走進來小心翼翼的說。

「阿坤？他想做什麼？」
「他在籬笆外面走來走去，有時還停下來看看這邊，好像在等著什麼。」
「我去看看他，這小子。」
「不，我去。」邱錦章說。
「你可以告訴他了！」父親厲聲說。
「錦章。」母親也插嘴說。
錦章望著母親。母親在這家庭裡，似是一個最不重要的存在，家裡大小事情，如果人家不讓她知道，她好像也從來就不想去知道。
今天的事，她大概也不知道。但是看來，她又好像已知道了。也許只是從大家的表情和行動知道發生了什麼事吧。她的眼睛裡，好像有一種央求的神色。
邱錦章走到稻埕上，陳炎坤還在那裡踱來踱去，庫洛在籬笆一邊跟來跟去，對著炎坤不停地吠叫。
「阿坤，你有事嗎？」錦章走到籬笆邊，籬上的水槿正在開著薄紫色的花。
炎坤回頭望了他一眼，沒有回答。
「阿坤。」
「我不是找你。」
「有什麼事，可以告訴我。」

「恁老爸呢？」

「他在裡頭，你進來嘛。」

「汪、汪、汪。」

「庫洛。」邱明賢喊了一聲，徐緩的踱了出來。「找我嗎？什麼事？」

炎坤並沒有回答，只是兩道目光，一直瞪著邱明賢。邱明賢也瞪著他。兩個人相持著。庫洛在邱明賢身邊，不停地搖動著尾巴，不時發出鼻聲低嗥著。

「庫洛。」邱錦章把手一揚，庫洛把尾巴一夾，倒退了一步，又望著陳炎坤低嗥。

「有什麼事，叫恁老母來！」邱明賢厲聲說，一轉踵，頭也不回地踱回大廳。

陳炎坤望著邱錦章一眼，猶豫了一下，好像要說話，卻一句話也沒有說出，就轉頭走開。

「趕緊去吃飯吧。」阿賢姆也已出來。

邱錦章匆匆扒了三兩碗飯，在深底竹籃裡裝了些化學肥料，準備到田裡除草。他把肥料袋子一打開，就想到了阿隆。

阿隆整個左邊的眼睛，已黑腫起來了。他並沒有什麼病，如果他有什麼毛病，就是這了。

爲什麼呢？雖然他也不清楚，但是他感受到，這和田裡高掛在竹竿上的裙子奶罩，一定有關係的。

如果陳家知道，會放他干休？他還記得剛才阿福嫂的話。平時，她雖然沒有發過什麼脾氣，大家都還敬畏她三分，這一次，她的確是生氣了。

這事一定和阿隆有關的。阿隆一個人會做這種事嗎？他雖然強壯有力，卻一定沒有那麼大的膽子。就是和阿進在一起，也不會。他們的背後一定是有人指使。如果這樣，那在背後指使的人還會有誰呢？這不是很明白的嗎？剛才，父親一味想袒護阿隆，不是證明嗎？

父親為什麼要做這種事？為了那一天田水糾紛的事？那是有可能的。自從他知道事情，父親就沒有受過這麼大的欺侮，如果那也算做一種欺侮的話。

這是阿坤所做的呀，和寶桂並沒有關係。

阿坤和寶桂雖然是姐姐和弟弟，畢竟是兩個人。也許父親的想法，要找阿坤不容易，只好找他姐姐出氣，反正他們是一家人吧。

這件事如果傳了出去，不是等於毀了寶桂的將來嗎？而且已有許多人知道了，在這鄉村裡，像這一類的事，一定會很快傳出去的。

他把竹籃猛往地上一摔，跑到大廳，父親還坐在那裡。

「阿爸，你為什麼要做那種事？」

「什麼事？」

「寶桂的裙子的事。」

「那和我有什麼關係。那是一種報應。誰叫她穿得不三不四？一定有人看不順眼，讓她吃點苦頭，反正對村子也有好處，跟我們有什麼關係？」

「我知道，是你叫阿隆做的。」

「你怎麼就知道？」

「阿隆的眼睛。剛才我就有感覺。」

「那你爲什麼不告訴那小子？」

「要我告訴他很簡單，我也可以告訴阿福嬸。」

「那老雞母。你以爲我怕她？去，你去告訴她好了，我敢做，就敢當。全田心村哪一個不知道我邱仔明賢做事就是這樣乾脆！」

「錦章，你趕快去工作嘛。」母親說。這多少年來，母親就只會說這種話。她只怕父親生氣，從來也不管是非曲直。

錦章本來想再吵下去，一見母親出面，正想退下，忽然間又想到了阿福嬸。一樣是女人，一樣是鄉下的女人，阿福嬸和母親竟是差那麼多。

「你也該知道你老爸是什麼樣的人。」剛才在田裡，阿福嬸曾說過這種話。

本來這是一句很容易忽略的話，他也幾乎忘掉了，想不到這時候，卻像閃電一般地在他腦裡閃起。

「全田心村，哪一個不知道我邱仔明賢做事就是這樣乾脆！」跟著，父親剛才這一句話，也像一隻鐵鎚，猛向他搥過來。

父親曾做了不少事。放穀糧高利貸的事；選舉時強迫對方退出的事；做風水時，教風水先生必須蔭他們這一房的事。不管什麼事，只要有利益就勇往前進，只要有阻礙就要想盡辦法把那些障礙消除。

以前，他雖然對父親的做法不滿，也總是自己的父親，而那些事，也好像和自己沒有關係似的。

阿福嬸的一句話，和父親的一句話，使他突然想到了美美的事。

他無法理解美美一家人為什麼在一夜之間突然搬走。她們究竟搬到哪裡去了呢？

已一個多月了吧，他幾乎每一個晚上，人聲一靜就想起美美。

美美和她父親周水池搬到田心村來，已有四五年了。當時，美美還小，頭髮剪得很短，整天坐在龍眼樹下編製竹笠。

周水池叔是一個以捕魚維生的農民，本來是到處為家，後來因水池嬸患了一場重病，醫藥費花掉了僅有的積蓄，也沒有醫好，以後連兩三百元的房租也付不起，不得已搬到田心村來依靠水池嬸的娘家。

水池叔搬到這裡來，平時，除了捕魚，也可以幫助田裡的工作。他也很會編竹器，可以編各種捕魚用具和農具。只是他為人忠厚，不肯匆忙從事，編造一些粗劣的東西。另一方面，因為這種竹器銷量有限，尤其是捕魚的工具，由於近年來各種農藥的大量使用，以及利用電、藥捕魚，溪溝的魚已大為減少，捕魚用具的銷量也自然更有限了。

開始，美美也在家裡編笠，賺點零星錢，後來有人在鎮上設立電子工廠，她就索性到工廠當女工了。

本來，鄉下人，二十里內外都是熟人，美美她們一搬來，大家很快就認識，只是沒有什麼特別感情。

大約在七八個月前，有一天大清早，邱錦章駕著鐵牛到鎮上交菜回來，在途中碰到周美美，用手推著腳踏車，滿臉焦急的樣子。

「怎麼啦？」

「輪胎爆了。」

「妳上班還來得及？」

「快來不及了。」

「妳上來，我載妳去。」他說著把鐵牛轉頭。

「怎麼好意思。」

「沒有關係，菜已交好了，反正沒有什麼事。」他替美美把腳踏車放到鐵牛上。以前，他在路上也時常遇到她，也只是點頭打個招呼，從來就沒有這麼接近過她。

她來這裡的時候好像還只是一個小孩子，只在這幾年間，她已長大了好多。

她的臉漲得紅紅的，也許是冷風的關係吧。她的眼睛很大，也很黑，有點像嬰孩的眼睛，白眼球上還帶有一點點的青色。

錦章在駕車的時候，還覺得那雙眼睛就一直盯著他的肩背。他沒有辦法想到別的事。在這鄉下，他也見過不少女人，卻從來沒有過這種感覺。

錦章把她送到工廠的大門，又替她把腳踏車抬下來。她向他道謝，臉上又和剛才一樣顯得紅潤。

以後，他常常在路上碰到美美。他有一個希望，希望碰到輪胎再爆一次。他知道，這可能性並不大。因此，他甚至於希望有一天她會故意把氣放掉。她卻沒有。

他的希望並沒有實現，每次在路上碰到，都是匆匆相錯而過，他甚至於連清楚的看到她的眼睛的機會都沒有。但是他感覺得到她的眼神。

整個冬天就這樣過去了。邱錦章雖然沒有和美美再進一步接觸，對她卻一直無法忘懷。沒有看到她的日子，錦章就會覺得整天好像失去了什麼，好像人生也失去了意義。他不知道爲什麼要整天忙碌，要辛勞工作。

開始，他在田裡工作，有時也會看到美美騎著腳踏車從路上匆匆經過。這時候，他會把工作停下來。他雖然看不清楚，卻知道那是她。她穿著的衣服，騎車的樣子，看她兩眼直望著前方，好像這世界上並沒有他邱錦章這個人。

看到她的喜悅，和她走過以後更長的空虛，是這一段時期的特徵。她一過去，整個映像就更強烈的貼印在他的腦際，拂也拂不開了。他還是要看她。一開始，卻是偶爾抬頭起來看到她。然後，他知道了她經過的時間，每到早晨上班和黃昏下班的時刻，他的整個神經就自然集中到路那邊了。

有時，他看到她單獨一個人，有時也看到和村子裡其他的女工在一起，尤其是下班回來的時候，他就會感到她畢竟還距離著自己一段距離，也會對其他的女孩子感到一種敵意。

有一次，春稻種植以後，錦章沒有辦法，就跑到路上等她。上班的時刻，往往比下班的時刻準確，而且她單獨的機會也多。

他站在路邊，把鋤頭放在水溝裡洗著，等美美騎著腳踏車迎面過來。

她已看到了他，嘴裡含著微笑，雙頰泛著微紅。她沒有說話，這對他已是很大的鼓勵，因爲她並沒有忽視他。

那一天，她穿著深綠色的裙子，白色的襯衫外邊，還罩著一件黑色的羊毛衫。穿著黑色，她的皮膚就顯得更加白皙。

以後，邱錦章總是想辦法到路上看美美。美美總是望他嫣然一笑，也沒有和他說話。有時，她就是和別的女孩子在一起，也會趁著別人沒有注意的時候，送給他輕輕的一笑。

以前，如果是這樣，他會以爲她笑，是因爲她們在談笑。現在，他知道那是給他的。他們之間沒有說話，這一笑，卻好像已把他們兩個人連在一起了。

這幾年以來，母親就一直爲他的婚事操心。她說，像他這種年紀，早就該兒女繞膝了。至少，也應該早點讓她抱抱孫子。

母親不知託過多少媒人，也不知看過多少女孩子，錦章一直沒有答應下來。

「你也應該爲你弟弟著想。」

「有好的對象，他可以先娶呀。」

「那怎麼行。」

「怎麼不行？如果我終身不娶，難道他也要跟著我不娶？」

不管怎麼樣，自從他碰到美美以後，他覺得幸虧自己沒有早娶，好像在等著她似的。他願意相信緣分，以為這是一種上天的安排。

有一天早晨，他又到路上見美美。她是一個人。

「美美，妳晚上晚一點回來，我有話跟妳說。」

美美沒有答應，也沒有拒絕，只是和以前一樣泛紅著臉，微微的一笑。這一個笑和往常的笑並沒有兩樣。今天，他卻沒有往日的自信，無法從笑裡看出她的心意。

這一天，像是一個長期的刑罰。美美並沒有理由拒絕他。同時，她也好像沒有義務答應他。一樣的笑，對他卻好像有兩種不同的意義。

這一天，他整天不能安定下來，一直盼望著黃昏早一點來，而另一方面，又怕黃昏眞的來了，會帶給他失望的訊息。

黃昏一到，他卻不敢到大路上去，好像他正在面對著法官的裁判，抬不起頭來一般。

他望著一群一群由工廠回來的女孩子，發現並沒有美美，這給他希望和勇氣，也鼓勵他到路上。

「美美。」太陽早就沒入西邊的山，天也快黑了，才看到美美騎車回來。

「我到鎮上買了一點東西。」美美笑著說，好像已把早晨的事忘了似的。

「美美，我很喜歡妳。」他說，說話好像並不像要說出來時那麼困難。

他一手搭在她腳踏車的把手，把今天花了大半天寫好的紙條塞在她手裡。美美把紙連把手一起捏著，慢慢把車子推開。

以後，他邀她看電影，她也沒有拒絕。他約她，她總是笑著，也不說話，但是他到約定的地點一看，她總是準時到那裡。

他拉她的手，她也沒有拒絕，他學著電影吻她，她也沒有拒絕，好像她從來就不會拒絕人似的。

有一次，他想再進一步佔有她，她卻拒絕了。

「妳不願意？」

「不是。我有點怕。」

「妳不必怕。」

「錦章，你要什麼，我都會給，只是這種事，我們都應該先問問父母。」

他回去把這一件事情告訴母親，再由母親轉告父親。父親並沒有贊成，也沒有反對的樣子。

想不到，那一天和美美分手以後，邱錦章就沒有再見過她。第二天，她也沒有去上班。

再過一天，他們都舉家搬走了。偷偷地搬走了。

他們曾經約定，永遠不再離開，卻在一夜之間，她們走得無影無蹤了。他實在想不出理由。

「周美美她們也是被你迫走的？」邱錦章突然走到父親的面前，兩眼注視他。那一天晚上，他把這一件事告訴母親，再由母親轉告父親。

「你沒看到他們連一塊地也沒有。他們耕種的那一點地，還是人家借給他們的，他們編製竹器的竹子，都要向人家購買，他們連一間土塊厝都沒有……」

「不錯吧，是你把他們趕走了！」邱錦章不顧一切怒吼起來。他憎恨父親的狠毒，也責怪自己認不清人。

「我只要你承認。」

「我是爲了你好。」

「你爲什麼瞞住我？爲什麼不跟我商量？」

「你會聽話嗎？」

父親這個人太可怕了。把這麼重大的事，竟在一夜之間無聲無息地解決掉了。而他卻一無所知，甚至還怪到美美身上，說她變心無常，缺少誠意。

「你還說是爲了我！」

「都是爲了你。」

「那你用什麼辦法叫他們走？用刀還是用槍？」

「我不用刀，也不用槍。」

「難道你用錢？」

「我也不用錢。」

「那你用什麼？」

「我告訴她，在她父親面前，說你並不愛她，不是眞正的愛她。」

「你，爸爸，你——」

「這都是爲了你好。」

「太可怕，太可怕了。三更半夜，你叫他們走到哪裡去？」

「那不用你操心。他們會想辦法，也應該想辦法，天下之大，全是路，路還不是自己走出來的？隨他們走到哪裡，只要不跟我走同一條路！」

「你說什麼！」

「錦章。」母親又插嘴。她的責任是他要和父親衝突時，適當地介入，不讓事態惡化下去。

「我是和他們走同一條路呀！」錦章大聲嚷著。

「錦章。」母親說。

「我要和他們走同一條路。」

「那，那我也沒有辦法呀。」邱明賢沈思了片刻，冷冷地說，似乎也無法掩飾內心的激動。

「你到底把他們趕到哪裡去了？」

「我沒有趕他們，他們自願搬走，我也不知道他們到哪裡去了。」

錦章以爲美美會回到工廠，也曾去那裡查過。他們告訴他，她已辭掉了。他也曾經去問過她的舅舅，他們都說不知道。他們並不會不知道，只是不願意告訴他而已。

邱錦章突然氣沖沖地衝進自己的房間，把自己的東西打包起來。他已下了決心。以前，他曾經把責任推到美美身上。這時，這個擔子卻反彈過來，更加了一份重量，壓在自己的肩膀上了。

「錦章，你做什麼?」

「我要去找美美。」

「你先去工作。就是要找她，也該先打聽她在哪裡。」母親說。

「我，我現在就去。我一直想不出他們為什麼一下子就搬走。我也以為是她父親反對。現在我明白了。我已損失了一個月了。我已無法再忍受下去了。我要去找她，我會找到她。我一定會找到她。」

「孽子，你要走可以，把東西放下來!」邱明賢站在門口，冷冷的說。

邱錦章一聽，回過頭來，把東西一齊扔到地上。

「我不稀罕這些臭東西!」他望父親瞪了一眼，冷冷一笑說。這時，他不知怎麼，剛才那一份激動已全都消失了。

他並不稀罕一個包袱。因為他連四甲田地都打算放棄了。

本來，他是一個農夫，一個好農夫，一個真正的好農夫。雖然他有弟弟錦炳，錦炳卻連一點田裡的工作都不會，父親這四甲地的田，可說都是由他一個人在領導耕作。他一向只想如何把它耕好。現在，他一旦離開了這裡，他就會喪失了一個農夫的資格了。現在，這裡好像已染上了一份不純淨的因素，他已沒有什麼留戀了。

「錦章，你聽我說。」母親還是一片苦口婆心。

「阿母，妳自己保重身體。」他說，從他父親身邊閃過，連看也不看他一眼。

「錦章！錦章！」母親的聲音在背後。

「不管他。」

「錦章！錦章！」母親的聲音在背後不停地響著。

六

夜已深了。

陳寶桂由床上輕輕撐起身子，看看旁邊秀琴已睡覺，發出穩定而均勻的呼吸聲。隔壁房間，也靜悄悄的，母親大概也已睡著了。

她躡腳出了房間，把大門輕輕拉開，在門邊站了一下，聽著屋裡有沒有動靜。

她怕母親萬一還沒有睡覺。她沒有戴錶，也不知道現在已幾點鐘了。她望望天上一片繁星，也許已十一點多了吧。

母親的房間那邊仍然沒有什麼聲響。她把大門帶上，仍然輕輕地走開。

她走到稻埕上，外邊的空氣已有一點涼。已是秋天了，微風吹著她的臉。

她走到稻埕的一角，有一堆稻草堆得比牛房還高，這是今年春稻的草。

她俯身到草堆下，用力抽出一隻大醬油瓶。那是她前幾天由家裡拿出來的，偷偷藏在草堆裡，裡面裝有半瓶多的汽油。

她回頭看看屋子，屋子是一片黑影，裡面仍然沒有什麼動靜。她已等待好幾天了。今天沒有月亮。

她悄悄的走出籬門，拐進田路。

她不敢走大路。她是在這裡長大的，雖然她並沒有整天在田裡工作，尤其自她到工廠以後。但是她對這附近還很熟悉。她知道什麼地方有彎曲，什麼地方高低不平，甚至於連哪裡應該有個進水口或瀉水口，她都清清楚楚。

她打著赤腳，腳底踏在田路上，可以感覺到路上的草都沾滿著露水，濕涼涼的。

她把四周掃了一眼，眼睛所看到的盡是一片黑暗，除了田裡一排排竹屏黝黑的影子以外，似乎什麼都看不清楚。

這時候，大概不會有什麼人吧。她小心放低腰身，向黑夜中凝視片刻，田裡溝邊有幾隻流螢正在飛來飛去。

她將視線轉向邱明賢家的方向。雖然她還看不清楚他們的家屋，她知道那片竹圍過去就是了。

她咬著牙齒，低哼了一聲。他們既然想毀滅她，她難道就不能還他們一些顏色？他們做得到的，她照樣可以做到。

在這幾天，不知有過多少次了，她想毀滅自己。他們在夜晚無端攔路侮辱她還不夠，還像放水燈，把她的裙子和奶罩高高掛在竹子上，好像給整個村子發佈告一般。

母親不敢告訴她，她還是知道了。在這樣一個小村子裡，有什麼事情能夠瞞住一個人呢？更令人氣憤的是，還有些人，甚至於把這一件事情怪到她身上來，說這是因爲她行爲不檢點，整天像一匹野馬，在外邊東闖西撞。這件事完全是她自己招來的。

這一件事，也使她失去了何勇。老實說，像何勇那種人，還是沒有好。這一件事，使她有機會看清一個人，一個十足的懦夫。也許每一個男人都一樣。她實在也不願意受這種侮辱。

「懦夫！」她咬牙輕喊著。

他爲什麼連一句話都沒有？他怕那亮晃晃的岸刀？也許每一個人都怕，他卻怕到連報警都不會？

她眞的連這種人都要嗎？

她一想到何勇就氣惱，越想越氣惱，她氣惱碰到這樣一個人，交了這樣一個人，甚至連失去他都感到氣惱。他是懦夫。她不知道爲什麼認識這樣一個人，誰願意要看到這樣一幕醜劇？最使她不能忍受的，卻是這一幕醜劇本身關聯著她自己，而她正是一個主要的角色。

何勇曾經要求過她，而她也差一點就答應了，這一次給她一個回省的機會，她甚至不願意慶幸自己沒有「失足」。如果當時她答應何勇呢？當然，在她答應和不答應是完全一樣的。如果她眞的答應了他，而發現他竟是那樣窩囊一個？

她氣惱何勇，也氣惱自己，更氣惱侮辱她的那些人。

她整天躲在房間裡，躲避著所有的人，好像躲避著陽光。陽光是屬於每一個人的，她卻一個人躲避著陽光，好像這是她一個人的錯。

何勇曾經來看她，但是她不願意和他見面。她氣他，不屑見他，另一方面，她也許怕見到他。她不知道自己如何和他見面。也許見到他的時候，她會唾他，甚至於咬他，然後明明知道他是一個懦夫，卻又向他屈服。也許她會向任何一個接近的人屈服，藉以憎恨自己。

這時候，她除了憎恨自己，已完全沒有別的力量了。

她也曾經想過自殺，而且不知想過多少次了。農藥、繩子，都是方法，只要她伸手一拿。這些東西，只要她想得到的，母親也都想到，也都一一拿開了。不但這樣，自從這件事發生，母親就一直跟著她晚上不睡覺，白天也不敢輕易出門。

「媽，我不會死。」她咬著牙齒說。

「我什麼都不怕，只怕這一點。」

「眞的，我不會死，我答應妳我不會死。」

當時，她甚至於想向母親發誓。她看到母親的臉，就想當著她的面發誓。

如果她眞的可以不死，母親就會眞的放心。如果她死了，母親也不至再操心。這是兩條路。死是一個更長久的辦法，雖然目前是一個大的變故。不死也可以，她必須長久忍受著毀滅的痛苦，而母親也必須天天提心吊膽，提防著她。

要毀滅自己並沒有困難，因爲在某種意義下，她已是一個被毀滅了的人。只是她還不願意。死似乎沒有什麼大困難，只是不能那麼廉價。

她要報復。如果要毀滅，也要毀滅得徹底。她要用自己的手，毀滅那些企圖毀滅她的人。她知道自己力量有限。她相信報復的心會給她勇氣，也會給她力量。只要她能以憎恨自己的心去憎恨這些人，她就能報復。她相信她可以做到。至少，她可以依照自己的方法做到。

她整天關在家裡，整天想著這件事。

她不知道誰做了那件事。她相信在整個田心村，再也不會有第二個人會做這種事。她沒有證據。她只須計劃。她計劃自己一個人可以做到的，用一個女人微弱的力量。

唯有這樣想，才會減少一點心裡的痛苦，她可以不再想到死。她好像覺得自己是爲了復仇而活著。

這樣，也可以使她減少對何勇的憎恨。可以使她感到何勇是不值得的。

她也曾經考慮到後果。對她自己一個女孩子而言，發生過的似乎已是最可怕的事了，還有什麼可顧慮的呢？也許她應該顧慮到母親。母親知道了，一定會反對她。只要事先不讓她知道就行了。如果在她的死和報復之間選擇，母親是一定會選擇後者的吧。爲了母親，她寧願毀滅自己，也不願意死。

有一天，她看到佛案下放著幾瓶汽油，就偷了一瓶塞進草堆裡。

母親一向小心，這一次也沒有發現。也許她放心了，也許她太疲倦了。

她直直望著邱家的方向。她只要做到，並不怕後果。她只要把這半瓶多的汽油潑在他們的草堆和屋角，然後燃一根火柴。

她怕事前被發現。她不是怕被發現後的後果，而是怕因此沒有完成這一件事。邱家那條大黑狗是兇惡有名的，而那大黑狗一到天晚就守在稻埕上。

她蹲了片刻，突然改變了計劃。她要從後面去。要到屋後必須繞個大圈子。這是一個辦法，只要不驚動那隻大黑狗，後面和前面是一樣可以達到目的。

她沿著田路，繞了一個大圓圈到邱家屋後。邱家後面也是一片竹叢，種植著觀音竹。

陳寶桂撥開竹屏，鑽進竹叢，蹲下身子，看著邱家一片房子。

邱家的人好像還沒有全部入睡，後面小小的窗子，還露出昏黃的燈光。

她靜靜的蹲著，使眼睛習慣黑夜。她的腳邊，有無數的觀音竹的株頭，斜斜砍落，有如一把把尖銳的劍鋒。這時，她才覺得應該穿靴子出來。但是現在也不能回去了。她已可以看到邱家屋後的稻草堆，離她不過二三十公尺，草堆底下是豬舍和邊廂草屋頂的矮屋。

她躡著腳步，一方面為了地上那些尖利的竹株頭，一方面也怕驚動人家，尤其是那隻大黑狗。

「寶桂。」她才挪了兩三步，突然發現背後好像有人叫她。

她屏住氣，把身子貼低，連頭也不敢回過去。

「寶桂。」還是壓低著聲音，這一次，她聽得很清楚。

她轉頭過去，就是她剛才鑽進來的竹屏洞口，有一個黑影塞住那裡。

「會是誰？」她心裡悸了一下，也沒有開口。

「寶桂，是我。」

「……」寶桂仍然噤不作聲，只是緊瞪著那黑影。她還聽不出對方的聲音。

「是我，是阿忠。」

阿忠是秀琴的朋友，他怎麼來的？她一想到這，立刻站起身想向前奔過去，但是密密的觀音竹，和腳底下的竹株頭阻撓著她。

這時，林忠信已搶了一步，從竹屏間鑽進來，抓住她的衣裙。

「放開！」她也壓著聲音說，聲音卻很尖厲。

「寶桂，聽我說。」阿忠抓住她的手臂。

「放開！」陳寶桂用力把手一摔，林忠信仍還是緊抓著不放開。

「寶桂，妳聽我說。」

「你幹麼？」她還掙扎著。

「……」

「汪，汪。」這時，前面那隻大黑狗突然吠了兩聲。那聲音很宏亮，劃破了這靜靜的夜。

林忠信也不說話，用力拉了寶桂，叫她蹲下來。狗的叫聲也沒有繼續下去。

「妳來這裡做什麼？」

「……」

「手裡是什麼東西？」

「……」

「什麼東西？」

「汽油。」

「拿汽油做什麼？」

「……」

「妳想做什麼？」

「我把它們統統燒掉。」

「不行。」

「你放手。」

「不行。」

「放開手。」寶桂突然用力把手一拔。林忠信立即撲了過來，又抓住她。另一隻手，順勢把她手裡的瓶子搶了過來。

「還我。」寶桂叫著，好像已無法把聲音壓到最低。阿忠用手掩住她的嘴。

寶桂想把他的手扳開。他用力太大，使她感到窒息。

她用手肘撞他，他手略微一鬆，她掙脫身子，正想跑開，他卻又抱了過來。這一次，他把她整個身子抱住了。

「放開！」

「不！」

「請你放開吧。」寶桂央求著說。突然整個身子癱瘓下去。那個晚上，那可怕的記憶。

「怎麼啦？」

「我眞想死掉。」

「爲什麼？」

「阿忠，請你還我！」寶桂無力的央求著說，眼淚順著面頰流了下來。

「怎麼啦？」

「請你還我。」

「不行。」

「不然，就請你替我把那些統統燒了。」

「不行，不行。」

「我拜託你，眞的，我拜託你。我等了那麼久了，好不容易等到今天，又好不容易走到這裡來。眞的，我求你。」

「不行，我們回去。」

「再不行，就請你替我做，我會承擔一切的。眞的，我求你，我求你。」

「我們回去，不然，等一下人家發現了……」

「人家發現了？就讓他們發現好了。你那麼怕事，人家侮辱我，沒有人管我，難道，難道我不能自己報復？」寶桂越說越不能抑制，聲音也越大聲。

林忠信又用手掩住她的嘴。

「我們走，我們回去。」

「不，你不能幫忙我，至少也讓我……」

「不行，妳也不知道眞是他們做的。」

「不是他們還有誰？」

「事情不是這樣說。」

「難道叫我白白讓人家侮辱？」

「寶桂。」

「你，你走開！」

「汪，汪，汪！」

林忠信又用手掩住她的嘴，又是一種窒息的感覺，她覺得全身無力。

「汪，汪，汪。」

「回去，趕快。」林忠信說，也不等寶桂回答，硬拉了她的手，往剛才來的地方退回去。這一次，寶桂沒有再抵抗。兩個人一前一後，走出了竹屏，背後仍然可以聽到狗的吠聲。

「等一下。」寶桂突然從背後叫了一聲。

「什麼事？」

「阿忠，請你幫我把它燒了。」

「不行，不行，妳不能私自報復。」

「阿忠，我求你，我實在不甘心，我求你，我從來就沒有這樣求過人。」

「不行，妳也沒有證據。」

「沒有證據？人家把我的衣服都扯下來了，你還說沒有證據。」

「不是妳的，是說對方的證據。」

「一定是他們。不然，他們為什麼不敢說話？你一定替我辦，我會承擔一切，我說過，就等於我親自做的。」

「不行。」

「那你讓我去。」

「也不行。」

「你放手。」

「不。」

「放手！」她用力掙脫。

林忠信也不理她，拿了那瓶汽油一直走。

「還我。」寶桂趕了過去，抓住了他。

「妳不能亂猜。」

「一定是他們。」她說，想把汽油瓶搶走。

「不。」他把她的手推開。

「拜託你。」她突然抱住他。「拜託你。」

「不行。」

「你一定要證據？」

「一定要證據。」

「如果有證據你就要幫我？」

「那也要看情形。」

「好。」寶桂很堅定的說，突然坐到田路上把胸口掀開。「你看，這就是證據。」

「……」

「你看。」

「寶桂……」

「你看嚒，你說要證據。」

「……」

「你不敢看？你不是說要證據？」

「不是說妳身上的證據。」

「你要看看，你才會了解我爲什麼要做這種事。」

「……」

「你過來。」

「不要這樣。」

「你要證據，這就是。」

「……」

「這就是了。」寶桂大聲說。

「噓。」

「這一次，你會替我做了吧？」

「……」

「你看看這。」

「……」

「難道你連一點勇氣都沒有？來，不然把汽油還給我。」

林忠信眞的湊了過來。

「你也坐下來。」

「妳這樣做是犯罪。」

「他們先犯過罪。難道他們不是？你看這裡。」寶桂把乳房上的幾條抓痕指給林忠信看。

「好吧，我已看過了，趕快穿好。」

「還有這裡。」寶桂說，把裙子撩起。

「我，我知道了，妳不要再這樣。」林忠信伸手制止她。

「阿忠，你以前有沒有看過女人的胸部？」

「……」

「有沒有，你說！」

「有。」

「誰的？」

「我母親的。」

「我不是跟你開玩笑！」

「我也不是跟妳開玩笑。」

「還有沒有其他的人的？」

「沒有。」

「眞的？」

「當然是眞的。」

「你讓我去。」

「不行。她們一定等得很焦急。」

「她們？誰是她們？」

「妳妹妹，也許還有妳母親。」

「原來是阿琴叫你來的。」陳寶桂想起剛才出來的時候，妹妹不是睡得很熟？

「嗯。」

「阿忠，你有沒有看過阿琴的胸部？」

「沒有呀！」

「眞的沒有嗎？」

「爲什麼？」

「你跟我妹妹很要好？」

「大家都是鄰居嘛，我對妳也很好。」

「眞的沒看過？」

「眞的。」

「不會有人再要我了吧？」她噙著眼淚說。

「不要這麼說。」

「人家一定不會再要我了。」

「妳不要這麼想。」

「你還是讓我回去，反正我這一輩子也完了，既然敢做，也應該自己去承擔。」

「妳今天怎麼一直聽不懂我的話？」

「真的，你做個好事，把汽油還我。」

「我們還是回家去吧。」

「不，我不回去！我要報復！」

「寶桂，妳聽我說，」林忠信突然大聲說，「這樣，對妳有什麼好處。妳也不想想妳媽媽，妳一定要叫她傷心？」

林忠信一提起母親，陳寶桂的心就一陣陣絞痛起來。自從這一件事發生以後，母親先是怕她尋短見，日夜不眠不息防範著她，尤其自從她發覺人家用竹子把寶桂的裙子高掛在田頭，就更加惱怒，不到幾天，已比以前消瘦許多，也好像蒼老了許多。

寶桂並不是想使她傷心。今天晚上，她也曾經想過她，但是復仇的心卻蓋過了一切。

這時候，林忠信提起母親，而且一句話戳破了那神秘的薄殼，她禁不住眼淚汪汪的流下來。

「阿忠，你說我應該回家？」

「嗯。妳懂得了我的意思？」

「嗯。」

「國家有國家的法律。我們要找證據，叫犯罪的人無法抵賴。妳仔細想想看，那天的情形。」

「我必須想嗎？」

「嗯。」

「我很疲倦。」

「那妳就不必現在想。」

「也許，我很害怕。」

「妳用不著害怕。」林忠信走在前面說：「妳可以慢慢的想。」

「阿忠。」

「什麼事。」

「我覺得冷。」她覺得整個身子都發抖起來。

「妳把衣服穿好。」阿忠說。

「我一想到那晚上，就害怕。」

「已過去了，沒有什麼可怕的。」

「我很冷。」

「很冷？」他伸手給她。

「嗯。」她說，緊捏著他的手。

「妳害怕就不要想。」

「不，我要想，我不甘心。」她說，「你要我想些什麼？」

「妳可以想想看他們有多高？」

「我想還是把他們的房子一下子燒掉了，對我，這比叫我再去回憶還容易些。」

「如果萬一妳燒錯了？」

「不會錯。我想不會錯。」

「只要有一百分之一，甚至一萬分之一的錯誤的機會，妳就不能錯。」

「我不懂。」

「妳現在把他們燒掉了，有一天，假如妳再找到另外一個眞正的犯人，妳會有什麼感覺？」

「會有這種情形？」

「會的，而且會的機會很多。像這種事，也應該訴諸法律。」

「他們會辦嗎？」

「會的，只要妳可以找到相當的證據。」

「照你這樣說，他們邱家的人，現在爲什麼還逍遙法外？」

「妳還沒有找到證據。」

「我是指其他的事。」

「那是因爲大家都怕事。」

「鄉下人，哪一個不怕事。而且上法庭也不是好事，大家都說，只有倒楣的人才上法庭，上法庭的人也一定會倒楣。」

「鄉下人怕事是眞的。這是因爲大家喜歡平靜無事的生活。如果每一個人都怕事，壞人不是要更得意，更爲所欲爲嗎？這實在是不得已的事。至於說上法庭就會倒楣，也可以說是一種迷信，要不得的。」

「是這樣子嗎？」

「是這樣，也許妳可以想起一點，只要想起一點點就好了。」林忠信說，把陳寶桂的手捏緊了一下。「妳不要怕。」

「你可以和我去一次？」

「去哪裡？」

「他們欺侮我的地方。」

「一定要去嗎？」

「也許可以幫助我回憶起來。」

「妳不怕。」

「我怕。有你在一起，會好一點。我想也不會再有別的人肯這樣幫忙我了。」

「好吧。」

兩個人一起走到村道。

「就是這個地方，他們攔住我……我想起來了，他們兩個人，一個比較高，一個比較矮，有一個人，我用腳踩了他，我還記得，另一個人，我用手指戳他時，好像叫了一聲。」

「那一個是較高的還是較矮的？」

「我記不得，也許我用手指戳他的那個比較高。」

「那可能是阿隆。」

「你怎麼知道？」

「這幾天，都沒有看到他出來。」

「不會錯嗎？」

「他可能受傷了。」

「阿忠。」

「什麼事？」

「你說眞的會有人要我？」

「會的。」

「阿忠，你要不要坐下來？」寶桂先在地上坐了下來。

「在這裡？」阿忠指著地上說，「我們還是回家去吧。」

「我還有話跟你說。」

「還有什麼話？」

「你先坐下來。」林忠信眞的坐下來，寶桂卻低著頭不說話。

「寶桂。」

「你會幫我把阿隆找出來？」

「我會的。」

「你爲什麼要這樣？大家都知道惹了邱家，一定會遭到報復。」

「如果大家那麼怕事，他們就更不怕人了。我剛才不是已說過？」

「你剛才說，是我妹妹叫你來的？」又過了半晌。

「是的。她跑到草寮，說妳偷偷出來，又不敢告訴母親。她知道我總是睡在草寮。」

「你們真的連手都沒有拉過？」

「眞的，眞的。」

「阿忠。」她又猛叫了一聲。

「什麼？」

「你會看不起我？」

「怎麼會。」

「還有，剛才的事，你不會告訴別人吧？」

「我不會。」

「也不要告訴我妹妹。」

「我不會的，請妳放心。」

「還是請你把它忘掉。」

「爲什麼一定要忘掉？」

「請不要問我理由，只要你答應把它忘掉，好像什麼事情都沒有發生過。」

「……」

「你不能答應嗎？」

「我答應妳。」

「謝謝你。」這許多天來，陳寶桂第一次說了這一句話，由衷的一句話。她還沒說完，眼淚又流下來了。

七

「嘿。」阿福嫂輕輕地一喊，兩隻手緊握著犁柄。一般的男人只用一隻手，她卻必須用雙手。以前，她也用過一隻手，另一隻手還可以自由地揮響著鞭子趕牛。

「嘿咦！」她又喊了一聲，比剛才略微提高嗓子。

牛還是慢條斯理地踱著步，有時到了兩端轉彎的時候，甚至於還停下來，把旁邊的稻子咬一口，不停地嚼著。

「恁娘卡好哩呀。」阿福嫂的聲音轉尖，手裡的鞭子往前一揮，牛拉了犁猛向前衝。牛一放開腳步，犁往上浮，阿福嫂趕快用力把它往下按，黃褐色的泥土往一邊翻上來，還留著犁刀的痕跡，在陽光下閃著。

阿坤一上課，就常常不在。鄰近也有人願意幫她操犁，她還是願意自己來，雖然她不是不知道自己年紀漸漸增高，粗重的工作已有些力不從心了。

本來，這是一坵菜圃，被颱風颳壞了一大半。禮拜天，阿坤曾經說要犁它，只是她不肯。她看著土裡還有一半的蔬菜，眞是捨不得把它翻到土裡去。雖然她知道她必定會後悔。實際上，她已在後悔了。那些菜就是能再長大起來，也値不了多少，不如重新種植來得經濟有利。她不是不知道，只是不忍罷了。

阿坤也曾經對她說過，她還是說只那麼一點田就是擱一下子看看，也不致有多大的損失。不然這一點田，阿坤年輕力大，不要一個小時，早就已犁好，也許要種些別的東西也已種好了吧。

牛把腳放快，她把犁柄握緊，腳在犁溝急急地跟著，有時碰到土塊落在犁溝，不得不閃讓一下，腰身就搖晃不穩。

牛走得太快，她就感到吃力，太慢又不像在工作。這條蠻牛就好像故意搗蛋似的。她也想起乾脆把牛賣掉，換一部耕耘機。耕耘機價錢高，她的田地坵塊小，而且坵狀有些畸零不整，實在不便於使用機器。根據阿坤的說法，農地重劃以後，就可以使用機器了。買機器說是很方便，到時她是不是會操作？有時，她不免也要想到這許多問題。現在她年紀雖然漸漸增高，家庭裡的問題卻一點也不減少。不但不減少，反而越來越多。

牛一走到一端，要轉頭之際，又停下來乘機把稻子偷咬一口。

「恁娘禮卡好哩呀，你這隻蠻牛！」阿福嫂並不想打牠。不打牠，牠反而不聽話。阿福嫂咬住嘴唇，用竹鞭往牠的臀部一抽。

「畜牲就是畜牲。」阿福嫂在心裡想著，雙手把犁抬起，轉了一個轉，再把犁尖插入泥土裡，用竹子往牛屁股一抽。

「你這蠻牛，早就該用『牛嘴籠』罩你的嘴。」阿福嫂說，早已滿身大汗了。

她想用手背去揩額頭，這時牛卻拚命的往前拉，使她放不開手來。

「阿福嬸、阿福嬸。」

不知什麼時候，林忠信已站在田路上喊她。他不知已站了多久了。他的聲音並不高。

「呃，阿忠，什麼事？」

她略一回頭，又全神貫注到犁，林忠信卻下到田裡來。

「我來替妳犁。」

「不，不必了。」

「眞的，沒有關係。」

「自己的事，怎麼可以讓人家做？」她在心裡對自己說。但一回想，自己畢竟太累了，而且對方又是阿忠。阿忠不會笑她吧。

她把手一放，阿忠接了過去。那一條頑牛，在阿忠手裡，突然變得乖順起來。她眞是想不通，連牛也會看人做事。

「阿福嬸。」

「嗯。」她跟在後面。

「我已打聽到了。寶桂那一件事是阿隆幹的。」

「你怎麼知道？」

「這幾天，他都不敢出來。」

「我也在疑他。」

「他的眼睛受了傷。」

「什麼！」阿福嫂突然叫了一聲。

「寶桂的指頭也受了傷。那天晚上，他的眼睛被寶桂戳傷，所以整天躲在屋子裡，不敢出來。」

「我去找他。」

「阿福嬸。」林忠信叫住她。

「什麼事？」

「阿賢伯在家裡呀，他一直守著。」

「沒有關係吧。」阿福嫂停了一下說。

阿福嫂穿過竹屏中間的拱門般的洞口，跨過田溝，走到阿順叔他們的田。阿順叔他們一家三個人正匍匐在田裡「翻草」。「翻草」是第二次除草。

她從他們旁邊經過，不想去驚動他們。她很清楚阿順叔的脾氣，他在工作的時候，就是忽然間天坍下來了，也驚動不了他。

「阿福嫂。」她眞沒有想到阿順叔反而先開口。

「嗯。」她漫應了一聲，繼續往前走。

「阿福嫂。妳急著哪裡去？」

「呃，……我……」阿福嫂想支吾過去。

「阿福嫂。」阿順叔突然站了起來。「眞的，妳可以告訴我嗎？」

「我找阿隆去。」

「阿隆？邱明賢家的長工？」

「嗯。」

「是他幹的？」

「也許是。」

「和邱阿賢有沒有關係？」

「我還不清楚。」

「我們一起去看看。」

「不，我一個人去。」

「我跟妳去。」

「這是我們家的事，怎麼可以把你捲進來。」

「這是大家的事。」

「還是我自己去。」

「我也去，眞的。」

「眞的，請你不要這樣吧。」阿福嫂說。看阿順叔沒有進一步反應，就自己走了。

「阿福嫂，」突然，阿順叔又叫住了她。「我說這是我們大家的事。」

「呃？」

「邱阿賢是村長，他做好做壞，跟我們整個田心村有關係呀。」

「誰說是阿賢伯幹的。」

「他是幹得出來的呀。」

「不能這樣，什麼事情都要有證據呀！」林忠信不知對她們說過多少次了。

「我最近常常這樣想，我們爲什麼選邱阿賢這種人當村長。我們隨便找一個，也比他好。也許我說得不對。就是隨便找一個也不會比他壞。」

「那有什麼辦法。是選舉出來的呀。」

「就是說嚒。大家都不知道這和自己有關係，以爲只要誰有錢就可以當。以前，我也以爲選舉就是他們想做官的人的事，和自己一點也沒有關係。高興的時候，就去投票，不高興就躲在家裡。誰送味精，就投他，誰沒有味精，最好不要出來參加。想不到現在已看到影響，已看到後果了。」

「阿順叔，眞的，你不能這樣說。」

「不管怎麼樣，下一次，一定不能再選他，如果沒有人出來，我阿順和妳阿福嫂都可以出來。」

「阿順叔。」

「眞的，我是認眞的，眞的。」

「阿順叔，你還是回去犂草，你已損失大半天了。」

「損失大半天，就是損失一整天，我也不在乎呀。」

「你說的也許不錯，不過總不該是我們吧。而且今天的事，完全是我們自己的事，實在不該讓你們操心。」阿福嫂說完，也不再回頭，獨自走向邱明賢家的方向。

太陽灼熱地照著，在翠鬱的稻禾間點綴著犂草的農人。有的在泥田裡爬行，有的或站或蹲在田路上吃點心。

「割稻皇帝、犂草乞食。」割稻是收穫，幾個月來的辛苦已有了結果，不管是自己或請來幫工的，待遇都最好，尤其是完工那一天，更是買魚肉殺雞鴨。犂草就不同了。那一身泥濘，有時連手腳都懶得洗，只把手掌拿碗拿筷的地方在路上一擦，看了一點白，端起碗來就吃。吃的東西也簡單，通常都是稀飯加點菜脯、醃瓜，或黑豆豉。

阿福嫂匆匆的走過，並不想，有時卻也不得不和人家輕輕的打個招呼。

「來吃點心呀。」

「好呀。」

她走到邱明賢家的籬門前，那條大黑狗，立即奔出來，向她狂吠。紅紅的嘴，露出又尖又大的白牙，一對眼睛兇惡地盯著阿福嫂。

阿福嫂向裡邊瞟了一眼，似乎沒有人影。她知道這一條惡狗咬過人。邱家總是把狗放在稻埕上，有事情找他們要先叫門，等人出來開門，把狗叫走才能進去。她知道，今天的情形，就是等了一輩子也不會有人出來開門的吧。

她用眼睛凝視黑狗片刻，然後好像下了決心，把籬門拉開，大黑狗向她直撲過來。

「走開！」阿福嫂輕喊了一聲，聲音雖然不大，卻很有威力。

大黑狗略微一閃讓，又直向她撲過來。阿福嫂並不理牠，一直走向大廳。

邱明賢是村長，也是田心村的首戶，大瓦厝之內，佈置得很講究。中間是一只豬肝色乾漆的神案面向大門，桌上安放著一尊鑲金箔的佛像，佛桌下有一只同樣顏色的八仙桌。兩邊牆上掛著些錦旗，鏡框和喜幛之類，在這田心村實在再也找不到第二家了。

「阿賢伯。」她站在門口叫了一聲。

「汪、汪、汪。」大黑狗一直纏在身邊，隨時可以撲向她。

「阿賢伯。」她提高了嗓子。

「什麼事？」邱明賢漫應了一聲，從側廂慢慢踱了出來。

「汪、汪、汪。」大黑狗還是不停地吠著，雖然看了主人之後，把尾巴略微放低一點。

「庫洛，」邱明賢喊了一聲，大黑狗立即靜了下來，仍在阿福嫂身邊不甘心似的低哼著。

「我這條狗會咬人呀。」

「我聽說過。」阿福嫂淡淡的說。「這是白天，你知道我是從大門進來的。」

「妳有什麼事？」

「我來找阿隆。」

「阿隆？」

「你家的長工。」

「他回去了。」

「我不相信。」

「我說眞的呀。」

「我不相信。」

「妳是說我說謊？」

「我沒有這麼說。我不相信。我知道阿隆現在好好的躲在屋子裡。」

「他爲什麼要躲起來？」

「也許你自己心裡明白。」

「呵呵，妳說我心裡明白？我就是不明白，他不在裡面！」

「他在，一定在。」

「不在，我說不在就不在。妳這青番婆。」

「我來搜一搜。」

「什麼？」

「我要搜搜看。」

「妳沒有權利。」

「也許我沒有權利，我還是要搜一搜。」

「不行。」

「如果他不在，你還怕什麼？」

「我怕？呵呵，這是我的家呀。我怕和不怕有什麼關係，我不讓妳搜就是了。」

「我非搜搜不可，我知道他一定在裡面，我既然來了……」

「妳既然來了？我不准。就是他在裡面，我也不會讓妳。」

「那你承認他在裡面了？」

「這用不著妳管。」

「他是在裡面了？」

「我說用不著妳管。」

「你把他叫出來。」

「笑話，妳居然差使我。」

「你叫他出來，不然我進去。」

「妳不能進去，我不准妳。」

「我就進去。」

「庫洛。」

「什麼，你叫牠咬我？」

「如果妳堅持的話。」

「我非進去不可。」阿福嫂說，移動了一個腳步。

「不行。」邱村長伸手攔住她。

「你放手。」

「妳可以那麼隨便？在我邱阿賢面前。」

「讓開！」

「以後有什麼事，妳要負責。」

「你不要唬我，我怕就不來。還有什麼更可怕的？請你讓開一下。」

「庫洛。」

「汪，汪，汪。」庫洛突然站起來，往大廳門外衝了出去。

「汪、汪、汪。」在大門外又是一陣狂吠。

「你們幹嘛？」邱明賢向門外大聲喊著。

阿福嫂回頭一看，籬笆外已站滿了人。爲首的一個，正是阿順叔。

阿順叔用力把籬門推開，衝了進來。後面跟著一個又一個，都是滿身泥濘，是剛才在塗草的農人，連手腳都沒有洗過。

大黑狗看了來勢太兇吧，只是遠遠地站著，望著一群人吠叫，吠聲越來越疏，也越沒有力氣。

「你們做什麼！」

「叫阿隆出來。」

「阿隆？」

「阿隆，對吧。」阿順叔轉向阿福嫂。

「嗯。」阿福嫂輕輕的點頭。「不過這是我自己的事。」

「不。這是大家的事，我們絕對不容許有這種人在田心村。」

「你們都給我滾出去！」

「阿隆，你不要躲了，出來。」阿順叔大聲的叫著。

「阿隆，你自己出來。」大家一起喊著。

「出去，出去，這是我的家呀。」

「我們都知道，我們只要阿隆，你就叫他出來吧。免得我們搜他出來。」

「你們沒有權利。」

「你也說這種話，不是多餘的？」

「阿順叔。」

「大家搜！」

「庫洛。」

「你再叫兇狗，我們立即打死牠。」

「你們是犯法的，我報警察去。」

「報警察？太妙了，我們早已派人去報了，就會來了。」

「阿隆，出來！」

「阿隆，你躲哪裡去！」

大家一邊叫一邊喊，一起擁到長工房。

「阿隆出來！」

「做什麼，你們這些簡直是強盜。」

「阿隆！」

「阿隆！」

「你們這是犯法的呀。」

「犯法？你做的卻不是犯法？你知道你做過多少犯法的事？」

大家已走到長工房。

「阿隆，你再不出來，我們用火把你燻出來了。」

「乾脆用火把他燒掉算了。」有一個人故意提高嗓子說。

「請你們安靜一下吧。」阿福嫂說，走到門口。「阿隆你自己出來吧。」

「何必求他，這種人，拿去餵豬，還嫌有腥味呢，用火乾脆一點。」

「阿隆自己出來吧。」阿福嫂說，做一個手勢叫大家靜下來。

大家果然靜了下來。

「阿隆你要自己出來，還是要我進去請你？」阿福嫂說。

「阿隆沒有在裡頭。」邱明賢說。

「阿隆，你還是出來給大家說一下。」

「阿隆……」

邱明賢一句話還沒有說完，阿福嫂看到阿隆長長的影子從裡頭走了出來。也許是太陽光的關係，他細著眼。他左邊的眼睛，果然有一塊紫色的傷痕。

「不是我，不是我。」阿隆喃喃地說。

「阿隆，你說什麼！」

「你要照實說。」大家一齊集攏過去。

「不是我。」

「是誰？」

「阿隆！」

「是誰？」阿順叔搶前一步，抓住了他的衣領。

「揍死他。」有人喊著。

「是……」
「是誰？」
「阿進。」
「是阿進幹的，還是你和阿進兩個人幹的？」
「是……」
「說呀。」
「兩個人。」
「只有你們兩個人？」阿順叔把他的衣領揪緊。
「什麼話！」邱明賢怒吼起來。
「你們爲什麼做這種事？」阿福嫂平靜的說。
「這種事最好到派出所再問。」邱明賢突然高聲說。
「對，到派出所問。」有人說。
「不必了，已有人叫警察了。」又有一個人說。
「爲什麼呢？寶桂也沒得罪過你。」
「……」
「你不說，我可以問阿進，我只知道你也參加就行了。」
「他不說，揍他！」又有一個人說。

「你眞的要到派出所才肯說？」

「……」

「你知道你所做的犯法嗎？是要坐牢的呀。你還是想到了派出所再說？」

「我……」

「你知道強暴女孩子要關幾年？」

「我，我不強暴她，我一點也沒有這種意思。」

「誰會相信？」

「眞的，我眞的沒有那種意思。」

「那你脫她的裙子做什麼？」

「裙子太短了，看來刺眼。」

「那你何不到鎭上，把每一個女人的裙子都脫下來？」

「我……」

「只要警察一來，我告訴他一聲，你就要坐牢的。」

「妳不要告訴他。」

「那你說，爲什麼要做那種事？」

「……」阿隆轉頭看看邱明賢。

「還是要等警察來？」

「是阿賢伯叫我做的。」

「幹恁娘，亂講。」邱明賢搶過來，舉手望阿隆用力刮了個耳光：「你們不要聽他亂講。」

「阿隆，你亂講嗎？」

「……」

「亂講也是要坐牢的呀。」

「我……」

「你娘卡好。」邱明賢又舉起手。

「你讓他說嘛。」阿順叔說。

「是阿賢伯叫我做的。」

「阿隆！」

「你沒有亂講話吧？」

「沒有。是阿賢伯叫我做的。」

「你們大家都聽到了？」阿福嫂向大家說。

「聽到了。」

「阿賢伯，你不否認吧。」

「警察來，自會辦理。」

「你眞的希望警察來？」

「來就來嘛。」

「阿福嫂，我不敢見警察。」阿隆央求說。

「你不必怕，我不會害你。只要你說老實話。」

「警察來了。」有人喊。

「阿福嫂。」阿隆的臉色轉白。

「你不要怕，你只要記住說老實話。」

「什麼事？」警察跳下了腳踏車，林忠信跟在後面。

「他們要放火燒我的房子。」邱明賢先開口說。

「他們是誰？」警察瞅了邱明賢說。

「他們就是他們。」

「你說每一個人？」

「每一個人。」

「你說話算數？」

「當然。」

「你們說要放火？」

「沒有。」

「有！」

「是這樣子的。我們來找阿隆，阿隆躲在裡頭，有人說他不出來，用火把他燻出來。」

「這種話不能亂說，知道嗎？」警察說，然後轉向阿隆。「你就是阿隆？」

「是。」阿隆說，聲音有些顫抖著。

「聽說你曾經侮辱一位小姐？」

「我，我沒有侮辱她，只是脫了她的裙子。」

「那是一樣犯了法，你知道嗎？」

「阿福嫂……」

「我已答應他，只要他說老實話。」

「妳是說不追究他，只要他說老實話？」

「是的。」

「那你就老實說吧，你為什麼做那種事？」

「是阿賢伯叫我做的。」

「阿隆！」

「你不要插嘴。你又不是三歲的小孩子，明明知道不能做這種事，怎麼人家一叫就做？」

「我不敢不聽話。他是頭家。」

「你不怕做壞事，只怕頭家？」

「他說晚上沒有人知道。」

「你一個人做的？」

「不，還有阿進。」

「阿進是誰？」

「他在田裡。」

「誰去把他叫回來。」警察說，又向阿隆：「你頭家不和你們在一起吧？」

「咳……」

「他……」

「他怎麼啦？你要老實說。等一下阿進回來，說不一樣，人家就不會放你。你知道嗎？」

「他躲在竹叢裡。」

「他什麼都看到了？」

「嗯。看到了。」

「他有沒有動手？」

「沒有，沒有。」

「你願意不願意向小姐道歉？」

「願意，我願意。」

「這是阿進。」有人把阿進推了過來。

「你是阿進？」

「是的。」阿進把頭打轉，望大家掃了一眼。

「阿進，聽說你侮辱了一位小姐？」

「沒有呀。」阿進望望邱明賢說。

「阿隆都說了，你也不必瞞了，我們只是想看看你說的有沒有一樣，只是想聽聽你自己說的。」

「我……」阿進望望阿隆。

阿隆點了點頭。阿進把阿隆說的，再說了一遍，大致是相同的。

「妳也願意原諒他？」

「你怎麼說？」

「你願意不願意向小姐道歉？」

「我願意。」

「他呢？」警察指指邱明賢。

「他？阿賢伯？」

「嗯。妳不願意？」

「我並不是不願意，不過要有個條件。」

「什麼條件？」

「依這個村子的例子，只要他公開請一團戲子演演戲，讓大家知道這件事畢竟不是我女兒的錯。」

「你願意嗎？」

「我不願意！」

「妳可以更改一下？」

「不行。我要大家都知道，這件事的確不是我女兒的錯。你看一個女孩子，還沒出嫁，碰到了這種事羞就羞死了，還有什麼面目出來見人？還有誰會要她？所以我要每一個人確確實實的知道她的確沒有錯，我這要求也不算過分呀。」

「人家說的也不是沒有道理呀。」

「什麼都行，只不能演戲。」

「爲什麼？」

「以前也有先例呀。」阿順叔插嘴說。

「不行。我不能這樣做，我沒有面子。」

「你還要面子？我女兒差一點自殺呢？」

「這件事，本來也是你的錯。」

「什麼是我的錯？她家那小子放水淹掉了我一坵田，還說我的錯？」

「那是另外一件事，你不能私自報復呀。」

「私自報復？還算便宜了她。我還叫他們不能碰到她的身體。」

「不管碰不碰身體，你們就是不對。」
「不對就不對，看她拿我怎麼辦？」
「你不能這樣，她們一告你，不就麻煩大了？」
「有辦法，去告好了！」
「她們告你，你不但要坐牢，而且她還照樣可以要求演一場戲。」
「我不在乎。頂多陪她一條老命！」
「妳是不是可以讓一下？叫他登個報算了。」
「登報？這村子裡有幾個人看報？」
「眞的不能讓一下？」
「不要讓他。」有人喊著。
「不要亂喊。眞的，妳考慮一下。」
「登報紙？」
「也算是他認錯。」
「既然這樣……」
「阿福嫂。」
「不要亂叫，讓她自己決定。」
「好吧，既然如此，就請你做個主。」

「你登個報向人家道歉如何？」

「不行。登報不是全省都知道了？」

「不過，不是每一個人都認得你。」

「至少鎮上的人會知道。」

「那也沒有辦法呀。」

「不行。不能登報。」

「那你還是選擇演戲？」

「更不行。」

「那你不能不認錯呀。」

「……」

「你好好的考慮一下吧。」

「你能進來一下，我有一件事請教你。」

「有什麼事，在這裡講嚒。」

「我有一件事不大明白。」邱村長堆著滿臉的笑容說。

「好吧。」警察跟著邱明賢進去。

「搞什麼鬼？」有一個人說。

「一定不是好事情。」

「要當心呀，阿福嫂。」

「我女兒讓人家欺負，我有什麼可害怕的？」

「總得小心一下。」

「不必怕，我們這麼多人。」

不久，警察出來，邱明賢跟在背後。

「邱村長，我想你還是演一場戲算了。」

「不，我不能演。」

「眞的不能演？」

「不。」

「那你登個報紙？」

「不能登。」

「眞的不能登？」

「不能登。」

「妳不能再讓步一下？」

「你說我應該讓到什麼地步？我差一點失去一個女兒呢。」

「我看還是她說的有理。」

「警察先生……」邱明賢說。

「對了。我忘記告訴大家。剛才，邱村長把這東西塞到我的口袋裡，要我幫個忙，我幫不了。我把這東西還他。我在裡面就推辭了，他硬是要這樣。我沒有辦法。現在我還他。有必要的時候，還請大家做個證。」警察說完，把一疊鈔票掏出來，遞還給邱明賢。

「對。」

「這件事，我還是認爲邱村長演一場戲向人家謝罪一下，不知道大家認爲如何？」

「對。」大家喊著。

「我不能夠。」只有邱村長自言自語地說。

八

寶桂躺在床上，兩眼瞪著黑黑的床頭。四周都是黑黑的，只有一點月亮的光線在玻璃窗上輕輕的閃動。

秀琴還沒有睡，她知道。秀琴就躺在自己的旁邊。自從她能夠記憶到的歲月，除了開始一段和母親一起以外，姐妹兩個人就始終一起睡覺。

她深深地吸了一口氣，然後輕輕的，長長的，把它吐了出來。

她伸手摸摸妹妹的手，把她的手捏在自己的掌心。妹妹沒有反應。她知道她還沒有睡。

妹妹一向有早睡的習慣，吃了晚飯之後，第一個把身體洗好，也不管大小事情，就躺在床上睡覺。

寶桂捏著她的手，用另一隻手摸著她的額頭和頭髮，有時也摸摸她的臉和胸口。雖然她們一直睡在一起，寶桂卻沒有做過這種事。

她摸著她的臉，發覺秀琴的臉濕濕的。

「阿琴。」寶桂輕輕叫了一聲。

「……」

「阿琴。」

「……」秀琴仍然沒有回答她。

「阿琴，並不是我……」

「不要說了，我並沒有怪妳。」秀琴的聲音很低，同時也很平靜，寶桂的手感覺到她的眼淚不停地迸出來。

寶桂很懊悔那天晚上對林忠信的舉動。她實在也不知道爲什麼做那樣的事。

「秀琴……」寶桂的聲音有點啞。

「我沒有怪妳。媽媽說的對，我聽媽媽的話。」

「不，妳不能這樣，阿忠還是妳的，眞的，阿忠還是妳的，只要妳還願意。」

「妳說他還是我的？」

「他還是妳的，眞的。」

「在阿忠的心目中，我知道，我一直沒有什麼地位。我知道的。」

「阿琴，不要講這種話。」

「眞的，這是眞的。也許，他在我心目中也一樣，如果沒有這一件事發生的話。」

「阿琴，都是我不好。」

「妳沒有錯。妳和我比起來，每一個人都會選擇妳的。」

「請妳不要講這種話吧，眞的，我求妳。我是不値得的。」

「我才是不値得的，一天就只知道睡覺。」

「阿琴，請妳不要再講了。」

「媽媽說，他要的是妳，這是千眞萬確的。是人家指名說的。」

「阿琴，請妳了解我……」

「我會了解的。這件事說起來很可笑，我和阿忠也沒有說過什麼話，也沒有約會過。只是我心裡覺得他這個人還不錯，也許還喜歡和他接近，就只有這樣。如果沒有妳，我也不一定會嫁給他，不過，我開始的確有些難過，現在也好了，也沒有什麼了。」

「阿琴，說實在，以前，我也沒有想過阿忠，更談不上喜歡不喜歡。」

「現在喜歡就行了。」

「我也不知道。也許，我誰都不會喜歡了。」

「至少，他喜歡妳。」

「阿琴……」

「妳叫我去求他？」

「阿琴……」

「媽媽說的對。」

「不要說媽媽說的，媽媽說的。」

「我自己也一定這樣的。」

「阿琴，我，我不會再喜歡任何一個男人了，妳相信嗎？」

「妳？」

「妳相信嗎？」

「我爲什麼相信？」

「那就請妳相信吧。」

「我相信，妳也許也應該相信，我從沒有喜歡過任何一個男人。不過，我喜歡妳，我的好姐姐，如果妳眞的不喜歡，也眞的不會再喜歡任何一個男人，我就請妳試著喜歡阿忠。」

「爲什麼呢？」

「因爲他喜歡妳。」

「他只是同情。」

「不僅是同情，這我看得出來。妳有許多優點，是一般人沒有的，我知道。以前，我就有這種感覺，現在，我卻更清清楚楚的知道了。」

「可是……」

寶桂說了一半，突然聽到巷路傳來腳步聲。

「寶桂。」是母親的聲音。

「嗯。」

「妳在做什麼？」

「我在和阿琴講話。」

「哦。」阿福嫂停頓了一下。「阿忠在外頭找妳。」

「找我做什麼？」

「快去吧。」妹妹在旁邊推她一下。

「寶桂。」

「我不想出去。」

「好姐姐……」

「妳不想出去？」

「我不想出去。」

「那妳自己去對他說吧。」

「三姐，妳快去吧。不然就是不相信我。」

「寶桂，妳還是去一下。」

寶桂望著母親，雖然在黑暗中看不清楚她的臉，從窗口透進來的一點光線，可以看到她的整個身型。以前，她覺得母親很矮小，尤其是自己超過了她之後，隨著自己長高，更覺得母親在逐漸縮小。但是今天晚上，這時刻，背襯著暗淡的月光的母親的身影，卻顯得那麼魁偉高大。

她從床上坐了起來。

「好吧。」她說，用力再捏捏妹妹的手。

她隨便換了一件衣服，走到籬外，林忠信獨自站在籬門邊等著，看到她就迎過來。

「寶桂。」

「嗯。」寶桂輕輕的應了一聲，仍然略微低著頭。

「我們到外邊走走？」

「什麼地方？」

「隨便什麼地方。」

「……」

「好不好？」

「好吧。」

林忠信走在前面，寶桂在後面默默跟著。

他們走出夾路種植的竹叢，外邊一片稻香中，已看到一鉤彎月掛在西邊的山頂上。

「要不要到那個地方？」

「什麼地方？」

「月亮要下去的地方。」林忠信指著西邊的山巒。

已好久沒有去那個地方了。記得小時候曾去過幾次，並且翻過兩三層山，一直走到海邊。

「要走一個小時的路呀。」她心裡想，卻沒有說出來，只是默默地跟著，心裡一直想著那天晚上的事。

剛才，她就想問秀琴，那一天爲什麼不告訴母親，而告訴阿忠。

她又爲什麼要在阿忠面前做出那種事？她又不明白。她只記得當時阿忠用力抓住她，使她感到全身無力。當時，她曾經感覺到死的意識不停地衝擊她。不管怎樣，她是不應該做出那種事的。

月亮雖然已傾斜，四周還是可以看到一片朦朧。她不知道阿忠爲什麼突然追起她來。

「阿忠找妳。」母親對她說。

「做什麼？」

「我不知道。也許……」

「我不見他。」

「阿忠找妳。」另外又有一次。

「做什麼？」

「我想他是喜歡妳了。」

「我不能去。」

「爲什麼？」

「我不能夠，我不能夠。他是阿琴的人。我不能搶自己妹妹的朋友。」

「他們並沒有怎麼樣。」

「我，我並不喜歡他。」

「眞的？」

「眞的。」

母親還是告訴了妹妹。她不知道母親怎麼對妹妹說，一定是說些同情她的話吧。

林忠信還是一直走在前面，他眞的要到山上嗎？她也不想說話，只是默默跟在後面。有時候，林忠信也會略微轉頭過來望望她，然後又好像若無其事繼續往前走。

她和他也算很熟，但是她就一直沒有想過要嫁給他這一件事，就是現在她仍然這樣想著。也許她根本就沒有再想到婚嫁的事。

如果眞的要嫁人，也許應該嫁給他。如果嫁給他，她就要留下來。她曾經是農人，她也會做一些簡單的農事。自從她到工廠以後，對農事也漸漸疏了，有時，有空時幫一點忙而已。

以前她並沒有想過要嫁給一個農人。她知道耕農很苦，尤其是看了母親的樣子。她並不怕苦，她卻沒有理由非像母親那麼苦不可。雖然她很感激母親，有了母親她的幾個姐妹兄弟才能有今天。

如果眞的非嫁給林忠信不可，她也不怕。雖然每一個人都沒有受苦的義務，她還是會忍受下去的。

只是有一件，她連自己都沒有自信的，就是她必須留下來。自從那件事發生之後，她就害怕和鄰居們見面，因此她常常躲在家裡。

阿忠會喜歡她，對他是一種冒險，就好像接近名譽掃地的女人一般。僅就這一點說，她也只有感激他，沒有任何理由拒絕他。

但是她還是應該拒絕。同情不是愛情，而且又有他和妹妹的關係。

妹妹雖一再說過她和他之間沒有什麼特殊感情，只就這一點說，她就不應該做這種事。

她心裡雖然這麼想，如果叫她重新再來，她還是會這樣做的吧。

她望著林忠信。他雖然是一個平凡的農人，比起何勇這一類的人，總也要強一些吧。也許不僅是一些，而且強很多。

四周很平靜，只有些秋蟲和田蛙的叫聲相雜著。雖然她出生在鄉下，成長在鄉下，也居住在鄉下，卻好像沒有注意到過這種情景。

如果沒有那一件事情發生，她的心情也應該像現在這環境中那麼平靜吧。那些蛙聲和蟲聲，也是大自然的生命的脈搏。

她聞到一種稻子的香味。如果是以前，她有這種感覺，她一定會找一個人告訴他吧。現在，她卻不會，她什麼都不願意說了。她甚至於覺得連那種感覺都不應該有。

但是她還是聞到了。那的確是稻草的味道，也許是稻花的味道。

在城市裡，只知道吃飯。在農村裡，卻可以看到稻子在生長。在城市裡，當夾一塊魚肉放進口裡的時候，會想到魚在水裡悠游的情景？

她看著兩邊夾路的稻子，低垂著閃爍著露珠的葉子。當明天，再看到它們的時候，它們又會再長大一些吧。

妳可以看到它們在不停的生長。她自言自語說。妳也可以看到它們的死亡。比妳想像的還要快。她又自己反詰。有生長就有死亡。她很容易從生長聯想到死亡，相反卻不容易由死亡想到生長吧。

她曾經想過死，而且無時不在想著。

如果她和林忠信結婚，會快樂嗎？她實在沒有把握。他會快樂嗎？她也沒有把握。他們的結合，最多也只使秀琴痛苦而已吧。

她知道秀琴的脾氣。她雖然很靜很溫順，她心裡卻也一定很激動，一定不比她的少吧。尤其是剛才聽了她的那些話，深深知道她一點也不把這件事當做兒戲，或是無關自己的事。

母親雖然已和她說過，而且她也算是聽話，但是她能把這種事埋葬多久呢？

也許自己一死，一切都可以解決吧。她想到了死，而且比什麼時候都更加強烈的想著。

她的死可以解決一切，卻不能解決一件事。母親能不能諒解她？

母親是不會諒解她的吧。

母親把孩子一個一個養大，不知花了多少心血，怎能看到孩子們早自己而去呢？

有時，想得沒有辦法，她也會斷然下判斷，說那只不過是一些小事。而且她死了之後，她又知道什麼？

「寶桂。」林忠信突然說。

「……」她是聽到了，在她聽到的那一瞬間，她好像還不知道那一句話跟自己有關係。

「寶桂。」

「呃。」

「妳不喜歡我嗎？」

「……」她好像不能立即明白他的意思。

「妳怎麼不說話？」

「……」她還是不知道說什麼。

他走過來，拉了她的手。她沒有拒絕，只是覺得有些涼。

「很冷嗎？」

她把頭放低，好像在點頭。

「那我們回去。」

她仍然也不說走，也不說回去。

「妳討厭我嗎？」

「並不討厭。」她沒有說。

「妳生氣？」

「還有心情生氣？」她好像要對自己說，也好像要對對方說。

「妳怎麼老是不開口？」

她仍然不開口。

他把她的手放開，她的手搖盪了一下，又靜靜垂下來。

「寶桂。」他又抓了她的手，緊緊的捏著。「妳怎麼啦？」

「沒有。」她輕輕地說，幾乎連她自己都聽不到。

「寶桂。我們回去？」

「嗯。」

「我們到什麼地方坐一下？」

「嗯。」

「寶桂，那一天妳爲什麼要那樣？」

「……」

「我一直不能忘記。」

這時候，寶桂抬起頭來看林忠信。當他們兩個人的視線碰在一起的時候，林忠信竟避開了。

「你是不是還想看看？」

「不，我，我不是這個意思。」

「今天晚上，你邀我出來，是不是就是爲了這？」

「不，不是，請妳不要誤會。我是說，那天晚上整個過程。」

「我問你，你喜歡不喜歡阿琴。」

「不，還談不到。」

「你要老實說呀。」

「眞的，眞的。我喜歡的是妳。」

「自那一次起。」

「也可以這樣說。」

「那你還是喜歡看看而已。」

「不，不是這樣。也許我很早就喜歡妳了，只是因爲妳已有男朋友，而且我覺得不容易和妳接近。」

「我像一頭野馬。」

「不是這個意思。」

「我想你還是追我妹妹算了。」

「爲什麼？」

「她比我聰明，卻很柔馴，而且她也喜歡你。」

「妳不喜歡我？」

「我談不上喜歡不喜歡了。我還有什麼資格談這一些呢？」

「寶桂，妳不能這樣子。這並不是妳的錯呀。」

「你這麼想？」

「我是這麼想的。」

「那也只有你一個人。」

「我一個人還不夠嗎？」

「這是鄉下呀。」

「妳不喜歡鄉下？」

「鄉下人沒有見識，好壞分不清楚。」

「那也不一定，像這一次，邱村長的事，不是大家都挺身出來嗎？」

「這也只是偶爾一件事，而且這種事，早就是善惡分明的事。算起來也有點遲了。」

「有一件事，就有兩件事，妳不能要求快，什麼事都會慢慢好的。」

「你太樂觀了。」

「如果妳不喜歡鄉村，我們可以出去。」

「那你那些田呢？」

「自然會有人耕種，既然是田，自然會有人耕種，而且我來耕，和別人耕都是一樣的。」

「如果我嫁你，我會和你一起耕種。我大姐二姐都不耕種了，四妹還不知道，她也許會喜歡鄉下，至於五妹也不可能。」

「爲什麼？」

「媽說她是最後一個，能讀到大學也要讓她讀，還會希望她去耕田？」

「讀大學也可以耕田呀。」

「話是這麼說，可能性有多少呢？母親不一定喜歡我們做農人，如有一個女兒肯耕種，而且也在她身邊，對她也是一種安慰吧。」

「那妳答應嫁給我？」

「我沒有這麼說呀。我想你還是繼續和阿琴好吧，她喜歡你，而你也應該喜歡她。她留下來，也許比我更合適。」

「不，我喜歡的是妳。」

「爲什麼？爲了那天晚上？你看了，不娶我，也不要緊呀。」

「寶桂。」

「噢。」

「妳爲什麼要這樣說呢？」

「我，我是眞的這樣想。」

「不，我要妳嫁給我。」

林忠信說，用力抓住她的肩膀。他看到她的眼睛，雖然在夜晚裡，卻發出亮光。

「寶桂。」

「……」

「寶桂，嫁給我。」

「你叫人去向我母親說吧。」

「眞的？」

「眞的。」

「請妳放心，我一定會好好待妳的。」

「我知道，不過……」

「妳什麼都不必說了。」

「我還有一件事必須告訴你。」

「呃？」

「那姓何的，你知道嗎？」

「我知道。」

「我連接吻，都沒有做過。」

「呃。」

「你不相信？」

「我相信，我相信。」

九

兩臺鐵牛載著村子裡的十多個人，由阿福嫂她們的稻埕出發，要到鎮上，再由鎮上轉坐火車或汽車到縣政府所在地的地方法院。

日前，邱明賢他們被捕時，這些人當中也有一部分人曾經到過警察局應訊。他們之中，有些人仍然樂意出庭，還自動去張羅了兩部鐵牛來，另外也有一部分人，是不得已才去的。

他們到警察局應訊的時候，才知道邱明賢已闖下了大禍，一身犯了妨害風化、賄賂、恐嚇和重利貸放糧食等罪嫌，已被羈押起來，現在並已送到法院偵辦了。

阿福嫂並沒有想到事情會擴大到這種地步。她實在不希望這樣。從前，她到邱明賢家問罪時，曾經要求他演戲謝罪。其實，如果邱明賢願意認錯，她也很願意大事化小事，小事化無事，回家安安靜靜的耕田。

不僅是她，就是管區的警員也一定這樣。她雖然不懂法律，卻也感覺到那個警員一再想把事情化小，甚至有意勸她不要要求演戲，只要邱明賢肯眞心認錯。

那時，她還以爲警員怕事，現在回想起來，才覺得自己錯怪了人家。邱明賢不明白警員的苦心，不但不認錯，還一意孤行，先是打算向管區警員行賄，看他不爲所動，當眾把賄款退還給他，他也不知反省，反而錯怪警員不通人情，暗中買通流氓，向他施行恐嚇。

那警員並沒有屈服，反而向上面報告，迅速下令，將邱明賢一干人犯逮捕歸案。雖然這一次逮捕他們的主要理由是勾結流氓，恐嚇治安人員，管區警員卻把他們以前侮辱寶桂以及向警員行賄的事也一併呈報上去。因此，自然牽連到阿隆和阿進兩個長工，這更是阿福嫂沒有預料到的。

在警察局訊問時，阿福嫂也曾經向他們表示曾經答應不再追究兩個長工，他們還是把他們一併解到法院去了。

兩臺鐵牛，在彎曲不平的村道上急馳而行，一下子左右搖晃，一下子又上下跳盪。自從邱明賢他們被捕以後，這平靜的農村又添了一樁大事，到處傳說紛紛，他們經過的時候，村民們還特地跑到路邊來目送他們。

阿福嫂沒有坐過鐵牛。她一向怕暈車，和寶桂坐在駕駛員的後面，把手擱在寶桂的肩膀上，相互依偎著。

她實在不願再走那麼遠的路上法庭。她並不是怕事。她也不會像一般鄉下人，以爲上法庭是一件倒楣的事，回家時還買了些豬腳麵線回來消災解厄。

她也不像一般鄉下人，只求本身的平安無事，不願挺身出來維護正義。一般而言，規矩的鄉下人都很怕事，有事情也不敢挺身出來。如果有人再恐嚇他一下，就會更像一隻蝸牛躲在硬殼裡圖謀一己的安全，任你天大的事，也裝聾作啞，不聞不問。

阿福嫂並不是這種人。

「這是我們自己的事。如果我們能早點明白這個道理，邱明賢也不會放膽欺侮我們，當然也就不會有今日的下場。」有人這樣說。

阿福嫂也同意他們的看法，也很高興大家會有這種改變，雖然這種改變來得有點突然。

上一次，她到邱明賢家搜索阿隆時，如果不是大家支持，事情恐怕變得更加棘手了。她不明白他們突然改變，前來助陣的原因。也許他們也明白這也是他們的事吧。村子裡有這樣一個人，遲早大家要吃虧的，而且實際上也已有許多人吃過虧了。

她還是不願意上法庭。

她不是怕事，說起來，這一件事根本就是她們自己的事。

她也不是怕邱明賢。在警察局裡，他曾經兇狠地瞪著她，她還是把自己想說的都說出來了。不要說是警察局，就是在其他任何地方，她也一定會這樣做的。

她也不是怕暈車。對她，暈車的確不是好受的事，她一生不願意出門，最大的原因可能是怕暈車。她相信她可以熬過去。就是熬不過去，她也沒有退卻的道理。

她怕寶桂一出庭，就必須再把那件可怕的事回憶一次。上次，她到警察局，就差一點潰癱下去。事後，寶桂曾經否認，阿福嫂也看得出來。當時如果沒有阿福嫂攙扶她，她一定支持不住的。

「妳不要去吧。」阿福嫂說。

「我可以不去嗎？傳票上寫著，不去要受罰。」

「可是妳怎麼受得了？」

「我想我會受得了。這件事說起來還是由我引起的，我怎麼能不去？」

「那我跟妳去。」

「不，妳還是不要去。妳會暈車。」

「那不行，我一定要去。」

「媽一定要去，我會很感激的。」

這才是她眞正要上法庭的原因吧。她每望著寶桂的臉孔，就想起那天在警察局時的情景。寶桂眞的受得了嗎？

她也知道寶桂要堅持上法庭，雖然是法院的要求，最主要還是她想再看看邱明賢這個人敗落的慘象，雖然她也必須付出一些代價。

她永遠不會忘記邱明賢在警察局裡的表情。

當他一見到她們，就睜大眼睛瞪著她們，好像恨不得把她們母女都一口呑了進去。寶桂也一定感覺得到的吧。

「妳看到我了？」

「沒有看到，我聽到了聲音。」

「什麼聲音？」

「篤、篤、篤。」

「什麼篤篤篤的聲音？」

「我不知道。」

「妳聽到不知道的聲音，就斷定我也在？」

「在不在，你自己知道。」

「你到底在不在？」

「你們就想根據她這些話來判我的罪？」

「我們只想知道你自己有沒有冒犯她的意思。」

「冒犯她？哼！笑話，像她這種爛貨，送我還嫌髒呢。」

聽了他的話，寶桂的臉色立即變得非常難看，全身跟著發抖起來。她一句話都說不出來。阿福嫂連忙攙扶住她。

「住口！」

「那你們只想聽她們的話？」

「還不住口。問了你，你再說。」

「妳們，妳們都給我記住！」邱明賢突然轉頭過來，向她們大吼了一聲，如果不是警員及時制住，他就要眞的撲過來了。

「這是你自己做的，還怪誰？」阿福嫂說，還他一個不屑的眼色。

「我一定找妳們算帳！」邱明賢繼續吼著。

「你還這麼兇！像你這種流氓，早就該把你送到外島去！」

「送就送吧！」

「你當眞？好，把他上手銬！」

「卡嚓。」旁邊一個警員眞的給他上了手銬。

邱明賢想掙扎，也沒有用。他的眼睛雖然還充滿著怒火，嘴卻不再說話，只是輕輕翕動著。他那漲紅的臉，好像七面鳥，血色一褪，突然變得蒼白異常。

也許，寶桂正希望看到這種情景吧。也許正爲了這，她才不怕苦痛的經驗，願意再出庭吧。

「妳眞的受得了？」

「媽儘管放心好了。」

「他會再罵妳。」

「他就是咬我，噬我，我也不怕他。」

但是她怎麼能放心呢？她明白這兩個月來，寶桂身心所受的創傷有多深。再加上生活情況的急激變遷，就像阿福嫂這樣一個飽受世事煎熬的人，也未必承受得起，何況寶桂一個未經世事的少女呢？

「媽，妳還是不要去吧。」到了快出發的時候，寶桂反而勸起她來了。

「我已告訴過妳我一定要去。」

「妳去做什麼？」

「妳不是說高興我陪妳？」

「不，妳不必去，眞的不必去。」

「我爲什麼不必去？」

「妳怕暈車，而且我也可以應付過去。」

「他會再罵妳。」

「他敢再罵我，我會一口咬住他。」

「妳要咬住他？」

「看他敢不敢再侮辱我。」

「我還是放心不下。」

「沒有什麼不放心的。」

「那我也要去看看。」

「妳要看什麼？」

「我要再看看他那副狼狽的樣子。當警員給他上手銬的那一剎那，他好像由一個魔王變成了一隻夾尾狗。」

寶桂望著她，她也望著對方。母女兩個人好像在揣測對方的心意，互相望了片刻，寶桂才輕輕的點了點頭。

其實，阿福嫂並不這樣想，也不願意這樣說，因爲這和她心中所想的正好相反。寶桂想看看邱明賢像一隻夾尾狗倒是實在，她卻一點也沒有這種意思。她怕邱明賢再侮辱寶桂，她怕寶桂受不了。如果他眞的這樣，寶桂也許會眞的咬他一口。她也怕寶桂眞的這樣做。

她還記得邱明賢盯著她們看的時候的眼神。在那雙眼睛裡，她曾經看到過憎恨的怒火，卻也掩藏不了頹喪和恐懼的神情。他已不再是野獸獵取獵物時的怒吼，而是被獵取的動物做最後抵抗時的低嘷，雖然同樣張露著牙齒。

如果只是憎恨，她倒不怕。因爲她比對方更懂得憎恨，也更有理由憎恨。她所害怕的是在那憎恨背後所企圖掩藏而仍然流露無遺的恐懼。自從她認識邱村長以來，從來就沒有看見他有過這種表情。

他爲什麼一定要鬧到這一種結果呢？難道他已毫無選擇了？她想這幾天的羈押更消滅他兇厲之氣吧。他現在就是想選擇，也不能由他了。

他看不起她，也看不起全村所有的人。也許這是他不認錯，不道歉的理由吧。

也許他以爲村民可欺，而且已經被他欺侮慣了，而這種習慣已無形中成爲他的特殊意識。他怎麼會想到他們竟一起起來反對他呢。由於以前這種慣性，實在不會甘心對這些人讓步了。

也許，她所害怕的就是這種維持表面的心理，和它所可能引起的可怕的後果。

兩臺鐵牛一前一後，在村路上繼續轆轆前進。

「像他這種人，早就該抓起來了。」

「那時候誰願意多事？那時候誰知道他是一條蟲呢？我們看到了一條蟲，就會聯想到牠的害處，而且這害處也直接和我們有關。我們種菜的時候，看到了一條蟲，誰會放過牠呢？」

「也許我們要殺掉一條蟲，並不需要有什麼顧慮。」

「我們總是顧慮太多了。」

「就是現在，還是有人會有顧慮的。」

「他們不但顧慮，有人還以爲邱明賢沒有錯呢。」

「不過，這種人應該不會太多吧。」

當然難免有一部分人想法不一樣。當他們知道邱明賢欺侮寶桂的事，他們還說是寶桂自己招來的。現在一旦把事情鬧大了，他們又以爲是阿福嫂她們搞出來的，未免太小題大作了。

這種人並不多，阿福嫂當然不會去理會他們。這些人至少不會使她感到心疚。有許多人必須爲了她們一家人的事再跑到那麼遠的地方去才使她感到不安。尤其是其中一些人，還自動爲了這一件事到處奔走。對這些人，她只有由衷感激了。

她覺得大部分的人因爲有了這一件事，對事情的看法已有了根本上的改變，是很値得欣慰的。她自己也同樣有了許多改變，寶桂也許比她改變得更為徹底。這也算是代價吧。

「邱的這一下完蛋了。」

「上次，在警察局他們還說他是個流氓，要把他送到外島去。」

「現在他做村長也做不成了。」

「我們當時為什麼選他這一種人當村長？」

「那有什麼辦法？每次都是他一個人出來。」

「不，以前頂厝那個呂金城也曾經出來登記，後來不知怎麼，又自動撤銷了。」

「聽說邱的給了他一筆錢。」

「不，邱的才不會隨便給錢的。」

「聽說是邱的叫了一兩個大哥給呂金城說了話。」

「反正不是正當的辦法。」

「反正不再選他就是了。」

「大家也可以學點乖吧。」

「你說他還好意思再出來？」

「那還有誰呢？」

「林忠信可以吧？」

「太年輕了。」

「年輕有什麼關係？」

「許多上年紀的人會不高興。」

「這應該是替人家做事的。誰肯做事，誰做得好，就應該選誰才對。」

「邱錦章倒是很理想。」

「他也還年輕。」

「不，他已有三十歲以上了。」

「年輕有什麼關係，只要肯做事就行了。」

「他到哪裡去了？」

「聽說去找美美。」

「還有誰嗎？」

「阿福嬸也可以吧？」

「當然可以，我們要選出第一個女村長。」

「不要開玩笑。」阿福嫂插嘴說。

本來阿福嫂把手擱在寶桂的肩膀上，一邊聽著同車農人在談話，一邊望著路兩旁的一片稻穀。這時候也不能不說一聲。她說完，又望著路邊的稻子。

路邊的稻穀大部分都已出穗，有的一些稻穗已由自己的重量低垂下來了。

太陽還不高，一望過去已盡是一片黃色，黃金般的稻穗，頂著晶瑩的露水，在晨光中靜靜閃爍著。

再過幾天就要收割了。今年雖然有了一兩次大颱風，一般的說，給稻穀帶來的災害並不很大。

損害最多的，以結果說，還是靠近山坡一帶的田地，邱明賢村長他們也許多吃一些虧。他們雖然吃了一點虧，卻不怎麼嚴重。最嚴重的，還是他們那些稻子將由誰去收割呢？邱明賢和兩個長工鋃鐺入獄，全家賴以支持大局的長子邱錦章又離家出走，目前沒有人知道他的下落，家裡只剩下年邁的阿賢嬸和從來沒有摸過農事的「農民」邱錦炳。

她實在不願意事情會變成這樣，而她實在沒有能力改變它。如果她有什麼苦惱，這正是她所感到最苦惱的吧。

依照目前的情形，全田心村的人有誰去幫助他們割稻子呢？對這件事，阿福嫂自己也是無能爲力的。她也許可以勸幾個人去幫忙幫忙他們，尤其是看在那位和善的阿賢嬸臉上，這也是應該做的。

阿福嫂一行十幾個人，坐著鐵牛一路顚簸到了鎮上，再由鎮上搭火車到縣政府所在地的城市。

對阿福嫂，這是她第一次來到這麼遠的地方，心裡也許有些新奇的感覺，她的心情還是很沉重，一點也沒有觀賞景物的興致。

當她進入法院的時候，看到那宏偉的氣宇，心裡不免有一種森嚴的感覺。也許因爲這樣，才會有許多人不願意到這種地方來的吧。她忽然間想起，在幾個月前，她根本就不會想到自己有一天也會走進這種地方來的。

住在農村裡的人，每一個人都喜歡平靜的生活，只想著耕作的事。但是，她一捲入這種案件，卻一點也不怕，她可以面對著它，謀求最妥善的解決辦法。

她和許多村人，坐在外面長凳上等著，不一會法警帶了邱明賢和兩個長工阿進和阿隆進去。另外還有兩個陌生人，就是恐嚇警察的流氓吧。他們都低著頭，尤其是阿隆和阿進更是哭喪著臉。

阿福嫂感到一種歉意，因爲她曾經答應過阿進和阿隆不再追究。她不懂得法律，據說就是她不要追究，也是沒有用。

上次，她在警察局看到他們的時候，她也曾經告訴刑警人員，她們願意不再追究他們兩個。她實在不願意看到這兩個年輕不懂事的人，因爲一時失錯闖下大禍，還要影響到他們的將來，甚至於一生。

她也不願意看到邱明賢這麼大的年紀，還要擔負這種沉重的擔子。他是否受得了呢？萬一法官判他三年五年的刑，他是否會平安的度過呢？就是他可以度過，他一生最後的路程不是又要蒙上一片陰慘的黯影嗎？

在警察人員的印象裡，邱明賢這個人一定是一個兇頑的惡棍吧。法官是否也會有這種印象呢？現在他的命運全部落在法官的手中了。

她又想到了那一片黃金般的稻穗，正在等待著人家去收割。看樣子，邱明賢是無法獲釋出來參加這一個重要的慶典了。

當她在警察局，看到了他們又被警察人員押回去的時候，她還沒有想到事情嚴重到這個地步。她以爲只要拘留他們幾天。雖然這樣，她當時，也的確感到心痛。

做爲一個農人，有什麼事比耕種更重要，也更辛苦，有什麼事比收穫更是充滿著喜悅的呢？有許多人偏偏要做出自己本分以外的事。阿福便是這樣一個人。邱明賢也許也是其中之一吧。她不願意批評他們，也不願意指責他們。她甚至於覺得批評他們都不是自己分內的事。

也許，每一個人，在自己的本分以外，還有其他的事要做，也應該做的吧。

她看到有許多農人在耕作外，還養雞、養豬，有的還養鰻、養鼈。這種副業也好像越來越繁多了。炎坤就一直在研究和試驗這一些事。這些事和那些事之間，也應該有些區別吧。

不管怎樣，這些年來，事情畢竟變得太快，即使在鄉村，她也有應接不暇之感。

不管這些副業有多繁，變化有多迅速，在她阿福嫂看來，種田還是農民的主要事業。

她知道自己趕不上時代，像炎坤曾經說過的一般，就是跑步也跟不上了。

她承認在許多方面，炎坤的確有見地，而且他的看法也超過一般人，她也會爲這件事感到驕傲。但是她阿福嫂有時卻也喜歡保留一點自己的看法，也許那看法古老得像放在閣樓上的大舂臼，現在，雖然已沒有多大的用處，卻也不忍把它劈開來當做燃料。

如果有一天，她會無緣無故離開農村，她一定會像一條離開水的魚，感到無限的空虛和浮泛。在這村子裡，一定也有許多人和她一樣有這一種感覺吧。邱明賢村長會是例外嗎？

她面對著邱明賢的情況，眼眶不禁又紅了起來。

她離開警察局的時候，也曾經有過同樣的感覺。她回家之後，也時常想起過這些事情。雖然這樣，那時候她總還抱有一些希望。

現在，她這種感覺已比以前更加強烈，而她那一些希望，在她再看到邱明賢時，已完全泡化了。

檢察官把等在外邊的證人，一個一個傳了進去。據說他們所問的好像都集中在恐嚇和行賄這些事上，也偶爾提起侮辱寶桂的事。關於這，他們知道不多。

這次，村子裡派出所的管區警員也在證人之中。他雖然很年輕，卻很精明，也很正直。據說，他上次還故意網開一面，替邱明賢留了一條路，沒有想到他卻偏偏選擇了一條絕路，才有今天的結果。

這又要怪誰呢？

檢察官詢問管區警員最多，也集中在邱明賢行賄的事和勾結流氓恐嚇的事。

據說這一次，邱明賢並不否認，也不抵賴，更沒有故意閃避，只是坦然的承認一切，好像已準備承受一切的罪責了。

檢察官也問他一些有關高利貸放稻穀的事，和教唆兩個長工侮辱寶桂的事。

當檢察官問到兩個長工的時候，他們竟放聲大哭起來。他們一再否認強暴寶桂的事，只是說邱村長要他們這樣做。

關於這一件事，檢察官也傳問寶桂。阿福嫂要求法警讓她陪著寶桂，法警進去又出來，叫她進去。她實在擔心，她怕寶桂再提起往事，又會激動起來，而另一方面也怕寶桂萬一說話不小心，也會加深邱明賢的罪狀。

這是很可能的事。寶桂要到法院來，是因爲她深恨邱明賢一班人，因爲這一班人，她的人生才有了很大的改變。誰敢保證她不會利用這個機會咬他們一口，也可以發洩心裡的怒氣呢。

檢察官問起她長工阿隆和阿進是不是有強暴她的意圖時，她一口否認了。她好像事前就已有了準備，回答的時候根本就不假思索。

當檢察官提到這一件事時，她的臉色突然變得很蒼白。阿福嫂還可以感覺到她緊捏著放在背後的雙手，不停地發抖著。不過，她似乎還鎮靜，自動把當天晚上的事一一說明清楚，其中有些事，甚至阿福嫂也到了這個時候才知道。

她說了一個段落，檢察官命令她下去休息。聽了檢察官這樣說，她反而怔住了一下，楞楞地站著。阿福嫂趕快把她扶了下來。

她常常想，人與人之間的心志的交通是那麼困難，即使父子或母女之間。她還記得寶桂她們這幾個兄弟姐妹幾乎都有過同樣的情形，她們很少像聽從老師一般聽從過父母的話。

這一次，在她們出發之前，她本來想對寶桂說，勸她不要故意加重邱村長他們的罪。她知道寶桂深恨他們，只要把話說得誇張一點，或稍微偏一點，就很容易使他們蒙上不白之冤。何況寶桂還放言要咬他們一口。

她又想回來，這一次寶桂心靈上所受的打擊和傷痛，實在太大，即使因她一句話能夠加他們一點罪，也是他們罪有應得的。

她沒有勸她，是另外還有一個理由。女兒既然那麼大了，就應該有她們自己的想法，她願意尊重她們。她常常感覺到不尊重她們也不行。

在她這些孩子當中，要以炎坤意見最多，也最新奇，已有許多事情她根本無法加入自己的意見了，而且這情形越來越多。

自從炎坤長大以後，她就更深切的感到，一個孩子，自從臍帶剪斷以後，就不再屬於母體，而變成一個完全獨立的個體。他們有自己的生命，而他們生命的意義也完全在這一點。

她願意像信賴炎坤一般信賴寶桂，也願意像尊重炎坤一般尊重她。炎坤雖然知道得不少，寶桂卻比他年紀大。

當檢察官詢問寶桂的時候，阿福嫂的確很擔憂，等聽到了寶桂的一片話她立即舒了一口氣。寶桂的話使她感到驕傲和感激。她覺得自己應該信任她，也慶幸自己相信了她。她拉起寶桂的手，緊緊捏著。

「我只是說實話。」

「我知道，我知道。我也只是希望妳說實話。」阿福嫂也知道自己有些激動。

她自己要花四五十年才能明瞭的事情，寶桂卻只花了一半的時間就達到了。

也許寶桂這一次所受的創傷太深了，比自己一生的還要深得多。一次慘痛的經驗，有時也是一種最有效的教育，只是代價未免太高了。但是就結果而論，因爲事情已發生，能得到一點教益，對將來也是有用處的吧。

雖然是母女，阿福嫂卻覺得兩人之間從沒有這麼接近過。

「寶桂，我很高興。」

「高興什麼事？」

「高興妳說實話。」

「檢察官要我說的呀。」

「我很怕妳再咬他們一口。」

「我本來也這麼想，反正也沒有人看到。」

「呃，那妳爲什麼不說？」

「媽，妳不是也說要看看？看看他們狼狽的樣子？」

「寶桂，妳爲什麼還說這種話？」

「妳生氣了？」

「沒有呀，生氣做什麼。」

「那妳是來救他們了？」

「寶桂，妳不要再這樣了。」

「我當然知道，媽只是陪我來的，我怎麼不知道呢。」寶桂說，眼眶突然紅起來。

「那妳就告訴我妳爲什麼突然不說了？」

「他們所受的，不是已經超過他們所做的了？」

「我也是這麼想的。」

「可是我並不是同情他們。我只是不想做出過分的事。我現在還是照樣恨著他們。」

「我知道妳會恨他們。除了恨他們以外，妳還想什麼別的嗎？」

「什麼別的？」

「我在想他們的稻穀。」

「什麼？」

「我想他們那些稻穀，我一直想著他們的稻穀。我本來不想說，一看妳說了那些話，我知道我應該告訴妳。妳沒有想到吧？」

「想那些稻穀做什麼？」

「想那些稻穀沒有人割。」

「反正他們有錢，會有人替他們割，就是沒人割，一次不割又有什麼關係？」

「不，不是這麼說。每一粒稻子，每一粒稻穀都需要那麼多的血汗，他們沒有割，就是損失。這不只是他們一家人的損失，怎麼能讓那麼多的稻穀損失掉呢？」

「那妳打算怎麼辦？」

「幫他們割。」

「什麼？」

「我們去幫他們割。」

「他們有四甲地呢？」

「所以我們要多一些人去幫忙。」

「我不去。」

「妳不去嗎？」

「我不去，我沒有理由去。」

「妳不去也沒有關係，妳不反對我去吧？」

「我不反對。」

「也不反對我勸大家去？」

「我不反對。只是他們會去嗎？……媽，妳眞的要這樣嗎？」

「爲什麼不呢？」

「我不去妳會生氣？」

「我不會生氣的。」

「那我就不去。」

十

幾天來，阿福嫂心裡一直不能清爽，好像有什麼東西鬱結在裡頭。

她曾經對寶桂說過，要設法幫助阿賢嬸她們收割稻子。但是她還沒有來得及向阿賢嬸開口，他們一下子就請了一、二十個田底村的農民，在兩三天之內把那四甲多田的稻子收割清楚了。

不管是誰，有人收割總是一樣。根據阿福嫂所知，邱明賢他們的稻子並沒有完全成熟，提前收割未免要損失一些斤兩。

阿福嫂也不大明白，是不是提前請了那些田底村的人來幫助收割，免得和他們自己收割期間衝突，但是在阿福嫂心裡，總覺得她沒有做到這一件事。也許人家故意提前收割，免得到時眞的要她來幫忙。

她們沒有故意拒絕她的理由，也不可能這樣，阿福嫂也知道自己不應該有這種想法，但是她的心裡總覺得好像失掉了什麼，一直發悶不已。

今天是星期天。阿福嫂要擇定這一天，是因爲炎坤可以在家幫忙。實際上，目前田裡的大部分工作已轉由炎坤策畫和推動了。

收割的季節一到，整個農村就呈顯著一片的忙碌和騷噪，每天自清晨到黃昏，機器桶（脫穀機）的聲音就此起彼落，一直響個不停，其間也夾著農人們的吆喝聲。

阿福嫂和往常一樣，天還未亮就起床準備早飯，一邊還在灶前紮著草綑，等到飯一上鍋，就把米糠和米水放進去，利用灶裡的餘熱把它溫了一下，再連同昨晚煮好的豬菜併攪進去，準備餵豬。

炎坤也一早起來，準備機器桶、籮筐、鎌刀和簸箕等收割的工具。

雖然是星期天，秀琴和往常一樣，很早就出門到鎮上上班。金鳳也很早起來，一個人躲在自己的房間裡埋頭溫習功課，好像田裡的事永遠和她發生不了關係似的。這時候，整個家裡，只有寶桂一個人還躺在床上，遲遲不願起來。

「寶桂。」阿福嫂每從寶桂房前經過，總要輕輕喊她一聲。

「唔。」寶桂也總輕輕的應一聲。

「妳也該起來吃飯了。」

「我不餓。」

「不餓也該起來了。」自從寶桂不到工廠上班，有時候也會多睡一點，但是這一兩天，就是叫不起來。

「唔。」寶桂伸了個懶腰，勉強撐身起來。

「妳不是說要到田裡？」

「我不去了。」

「爲什麼？妳是不是有了？」

「……」

「是不是？」

「我也不知道。」

「妳眞的不知道？」

「媽，是不是我做錯了？」

「阿忠知道了？」

「不，他還不知道。」

「爲什麼不告訴他？」

「告訴他做什麼？」

「叫他準備。」

「準備什麼？」

「送定，迎娶呀。他已經提過好幾次了。」

「……」

「妳不願意？」

「……」

「妳不打算和他結婚？」

「我沒有這麼說。」

「我知道妳一直不喜歡農村。是不是？」

「我不是不喜歡，我不是在鄉下長大的嗎？我只是沒有準備，一直沒有好好的學點農事。」

「可是，這是妳自己選擇的呀。」阿福嫂把聲音更壓低一下。

「我知道。」

「阿忠這個孩子也不錯，我很喜歡他。我也常常希望，五個孩子之中，至少也應該有一個留在身邊。住在鄉下，也許要苦一點，所以我也只是暗中這樣希望。起初，我以爲秀琴會留下來。妳能留下來，我是最高興的了。」

「媽。」

「什麼事？」

「我不怕吃苦。」

「我們都沒有理由非吃苦不可。」

「這也是一種工作呀。」

「妳看看我就知道了。」

「等一下，我要到田裡工作。」

「現在，妳不能再這樣了。而且女人也有女人的工作，妳可以學點曬穀，耙耙穀草，如果還有時間騰出來，可以煮煮點心。」

「不，我要到田裡。我既然要做一個農人的妻子，那麼多人可以做的，我爲什麼就不能呢？」

「妳可以做一些簡單的。」

「簡單的，可以不必學了。妳剛才還說我就要做新娘了，難道叫我過了門之後，再慢慢的學，不是要讓人家當笑話？」

「可是妳身體……」

「媽以前不是也這樣做過？」阿福嫂一句話還沒說完，寶桂就搶著說。

「媽是媽，媽以前不能不這樣。」

「我也是一樣的呀。」

「現在已不同了。」

「媽，讓我試試看。」

「妳眞沒有辦法。」

「妳不要看我沒有挑過重擔，我自信一百斤的擔子還挑得起來。」

「不行，不行。妳決不能做粗重的工作。」

「我知道媽以前，還懷著我們下田工作。」

「我就是這樣，才把身體弄壞了，難道我明知道了還讓妳去？」

「我會照顧自己的，請妳相信我，我這麼大了，難道還無緣無故糟蹋自己的身體？」

「也許，我應該把這件事情告訴阿忠。」

「不。不要告訴他。」

「萬一妳把身體弄壞了，我怎麼對他交代？」

「媽，請妳不要告訴他。」

「那妳就聽我說。」

「妳不相信我了？」

「我不是不相信妳，這件事不能開玩笑。」

「至少妳也該讓我看看他們工作。」

「只要妳答應要當心身體。」

「我答應。」

「眞的？」

「當然眞的。」

「那妳去吃飯。」

「我不餓。」

「不吃不行。」

「我眞的不餓。」

「當時，我也和平常一樣的吃。」

「所以也和平常一樣的工作。」

「妳這孩子，至少喝些稀飯。」

「媽，生孩子很苦？」

「這要看妳怎麼想了。」

寶桂添了半碗不到的飯，勺了一大勺飯湯放進去，再用筷子攪了幾下，然後半喝半吃，幾口把那碗稀飯吞了進去，把碗筷一放，往外邊就走。

「妳去哪裡？」

「去田裡呀。」

「妳等一下，我餵了豬，妳跟我一起去。」

「妳還是不放心。」

「不是不放心。」

「妳不是要曬穀了？」

「我先去看一下，再回來曬。」

「妳看什麼？」

「看許多事。」

「那我要等妳？」

「嗯。」

阿福嫂把豬餵好，回到大廳，寶桂已把桌上的碗筷收拾好，小腿上已用裹腿裹好，也換了長袖的粗布衣，儼然是一個典型的農村少女了。這些東西，都是以前阿福嫂自己用過的，現在年紀大了就不再用了，把它好好的收了起來。

從前，阿福嫂像寶桂這樣年紀，做起各樣農事來，已是全田心村最快的一個了。她現在看到寶桂做事，甚至於比她當時還快，心裡著實也吃了一驚，也很高興。

阿福嫂走在前面，寶桂也打著赤腳在後面跟著。

太陽已爬出東方的山巒巔頭，空氣還有點涼意。根據以往的經驗，天氣一定會很好。其實，現在已是晴空萬里，只東邊的山頭有一些稀碎的白雲，正是收割的好季節。

阿福嫂她們走出了竹叢夾道的通路，眼前一開朗，盡是一些黃橙橙的穀子，在太陽下閃爍著。

今年雖然經過了一兩次大颱風，和颱風帶來的水災，因爲時間較早，損害並不大。實際上，除了靠近山坡地的那些田地，被水沖掉的，今年的稻子可以說比去年還結實。

「今年一定很不錯的。」炎坤就說過幾次了。

炎坤一放學回來，就常常走到田路上，慢慢的走，慢慢的看，有時，好像想到了什麼似的，一彎下身子，伸手在空中畫了一個圓圈，靈巧地抓了一把稻穗，輕輕地稱了稱，然後又輕輕地放開手。

不知自什麼時候起，他就有這種習慣。他喜歡這樣稱稻穗的重量，有時也稱稱別人的，用以比較一下。

「你們今年一定很不錯的，七十石以上吧。」炎坤不知對多少人說過這種話了。

「我看你們的還不止呢。」

「聽說南部的，都是一百石以上。」

「我們這樣的土地卻沒有辦法。」

「聽說從前平均是三十多石，四十石以上就很不錯了？」

「以前是這樣的。」

「也許我們這裡也有辦法種到一百石以上。」

「你眞這樣想嗎？」

「我們有理由這樣想。」

「你以爲這一次重劃，對我們會有好處？」

「當然有好處呀。也許它可幫我們種到一百石。」

「也許你們這一季的，就已經有一百石了。」

「大概還不到，八十石總有吧。」

一甲地八十石，那阿福嫂她們七分多的田，也總有六十石吧，上一季也有這數目字，比別人的，一年也要多出一、二十石。

這大部分是炎坤根據學校所學，進而研究出來的。比如說人家都說稻葉太旺不能再施肥，炎坤卻偏偏說還要施肥。結果還是證明炎坤的說法對。

鄉下人就是鄉下人，雖然看著炎坤這樣，大家還是說他年輕，他們收成好，一定有其他因素，因爲自從他們懂事，就沒有看過有人做這種傻事。

至於阿福嫂本人，她還是願意相信炎坤。她知道他讀了不少書，這當然有關係。她更願意無條件的信賴他，因爲她喜歡信賴孩子。

有時，她從田路上經過，也會學著炎坤，伸手把身邊的稻子抓在手裡稱稱，她所感到的喜悅，並不全是由於稻子的重量。因爲她看過炎坤這樣做，她覺得這動作，能使她更接近炎坤，也許她還可以感覺到，她抓的那一把稻穗，也正是炎坤所抓過的，她甚至於還可以感到他的手溫似的。

「媽，妳做什麼？」後面，寶桂突然問。

「沒有呀。」阿福嫂笑著說，好像這是她的秘密，也是她的權利。

「妳看，我也會呀。」寶桂說。

阿福嫂回頭過去，看到寶桂的動作，不禁開心的笑了起來。

「讓一下嚒。」炎坤在前面大聲的嚷著，他正挑了一擔滿籮筐剛收割下來的稻穀，那稻穀還是濕的，還摻著一起打下來的稻草屑。

阿福嫂和寶桂兩個人讓到旁邊的稻田裡，還是笑個不停。

「媽，妳說那一擔稻穀有多重？」

「一百多斤吧？」

「妳也挑過一百多斤？」

「以前可以，現在不行了。」

「我也可以挑。」

「妳怎麼行。」

「炎坤，你停一下。」寶桂突然大聲說。

「什麼事？」

「我來試試。」

「不行！」阿福嫂厲聲說。

炎坤把一擔籮筐放在田路上，寶桂撥開稻子跨了幾個大步過去。

「不行！寶桂。」

「媽說不行。」

「你讓開一下。」寶桂說，把炎坤推開。

「寶桂。」阿福嫂也趕過去，抓住了扁擔。

「讓我試一下，我只要知道一百斤有多重。我相信我挑得上一百斤。」

「妳身體……」

「我會小心的，眞的，我會小心的。」寶桂堅持著，一半是央求。

「不行！」

「炎坤，你讓一下吧。」

「好吧。」

「不行，不行。」阿福嫂說。

「媽。」寶桂望著她，眼眶已紅了，好像小孩子要不到喜歡的東西一般。以前這幾個小孩子，常常要不到喜歡的東西，最多也只是紅著眼眶，寶桂也會這樣，但是她好像比兩個姐姐更堅強些。「我眞的會很小心的。」

「好吧，既然這樣，妳就試試吧。」

寶桂微微蹲著，先是用一個肩，然後用兩個肩膀一齊抵著扁擔，慢慢向上蹬。阿福嫂正想叫她停止，寶桂又蹲下去，把扁擔遞還給炎坤，搖了搖頭。

「我只是想知道一百斤有多重。」

「這才不止一百斤，至少有一百四五十斤呢。」

「對我，總是太重了。」寶桂說，有些黯然。

「女人有女人的事，不是每一個人都要挑那種擔子。我們還是回去曬穀子吧。」

「妳先回去，我還要看看。我雖然生在農村裡，卻沒有把這些農事認眞的看過。」

「那我跟妳一起去。」

「媽，妳還不放心？」

「剛才，我是眞的不放心。不過，現在我已可以放心了。我只是喜歡跟著妳，跟妳們這樣走走。妳大姐二姐，我就沒有這樣過。那時候太忙了。我連想都沒有時間想，那時候，我就是有時間想，實際上也想不出什麼來的。現在想起來，總覺得好像欠了她們一些什麼。」

「以後，我也可以常常這樣。」

「人嫁出去了，總是不同的。老人家常常說，人嫁出去了就是別人的了，總是不同的。」

阿福嫂一邊走一邊說，還是一前一後，走到自己的田地。和她們的田地相鄰接的就是邱明賢他們的田地。現在已割得一乾二淨，只剩下一排排尖斜的株頭。她們爲什麼提前收割呢？是不是不願意阿福嫂插手其中？這是不可能的，因爲她只對寶桂一個人說過。能收割總是太好了。她實在不應該自我鬱悶了。就在這個時間，她想到了農地重劃的事。明年，她們兩家是不是還會再在一起？如果不會，會和誰一起？

不要再去想這些吧。反正不是過去的，就是還沒有來到的事。

她回頭看著幾個鄰居正在那裡幫忙割著稻子。林忠信也在其中。他看到阿福嫂和寶桂，回過頭來笑了笑，手還是不停地動著。他把稻稈一握同時把鐮刀一擱，左手向前，右手向後，剎剎剎剎，只看稻穗一搖，他左手的稻把越來越大，稻穗一搖動，停在上面的蝗蟲就張翅飛開。這時，停在頭上電線上的烏秋突然俯衝下來，對準飛起的蝗蟲，不偏不倚，銜在口裡，又飛了上去，停在電線上，慢慢把牠的獲物呑食腹中。

寶桂從掛在機器桶旁邊的竹籃裡抽出一把鎌刀，也彎了腰割了幾株，像他們集成一大把，抱到機器桶旁邊，把稻穀打下來。

「阿忠，你教她一下吧。」阿福嫂說。

林忠信笑著走了過來，寶桂把稻子交給他，他的手在她手上連手捏著，再把稻子接了過來，教她如何踩動踏板，如何轉動稻子，在轉動的時候，又隨時把手鬆開一下，使稻束充分展開，讓它在裡頭的穀子能確確實實被轉動的鐵齒打了下來。

「你再教她紮稻草吧。」

林忠信把打掉穀子的稻草用目測約略抓起一把，用左手捏住末端，右手拉起幾根稻草，迅速地一綑，把草尖塞入草綑，再把草綑輕輕的一轉，草綑如扇子展開，而後矗立在地上。他的動作很迅速，寶桂好像沒有看清楚。林忠信再抓起一把，這一次慢慢的把它綑好。

「這比較簡單一點吧。」

「嗯。」寶桂照樣做了一下，她雖然不很熟，卻也相信自己可以做。「還有什麼工作可以教我？」

「我們回去曬穀子吧。」

「媽，快點回去吧，雞子把稻穀抓得一塌糊塗了。」炎坤挑著空籮筐盪來盪去，沿著田路回來。

「我們快些回去吧。」

阿福嫂和寶桂回到家裡，看到一群雞正在抓扒稻穀，阿福嫂揚手把牠們趕開。

阿福嫂拿起竹耙子，往稻穀堆一耙，把稻穀連稻穀一起打下來的草屑撒開在地上，稻穀以其重量，落在下面，草屑浮留在上面，然後再把上面的草屑耙開在一邊。綠色的草屑，太陽一照，顏色很快轉淡。

阿福嫂慢慢的做，寶桂在旁邊慢慢的學，她們把一堆耙平，炎坤又挑了一擔回來。

這種工作比較簡單，寶桂也學得很快。阿福嫂常常覺得在她七個子女當中，她最不能了解寶桂。有時候，她以爲她會喜歡，也應該喜歡的，她卻一點也沒有喜歡的徵象，她以爲她不應該喜歡的，她卻偏偏喜歡。

她最不能了解的，是她既然不喜歡做農事，卻又爲什麼偏要挑阿忠這個人，甚至於因爲這件事還讓秀琴傷心了一陣。

「電報！」有一個穿綠色制服的郵差在籬門外喊著。以前，郵差總是把信件寄放在店仔，從來就沒有送到家裡來。

「電報。」郵差說，向她們投以一個詢問的神色。

「電報？」寶桂說。

「誰的電報？」阿福嫂的心突然悸動起來。

「這是不是妳們這裡？」

「是的。」

「有沒有圖章？」

「寶桂，妳去拿圖章來。」炎坤正挑著一擔穀子進來。

「什麼事？」

「電報。」

「什麼電報？」

「你看看。」

炎坤把電報封袋拆開，迅速掃了一眼，又把電報放回封袋裡。

「什麼事情？哪裡打來的？」

炎坤只是默默地搖了搖頭，把穀子倒在稻埕上，挑著空籮筐就要走開。

「炎坤，什麼事你說？」

「他死了？」

「他是誰？」

「……」

「寶桂，妳看看。」

寶桂把電報抽了出來。

「說什麼？」

「爸爸死了。」寶桂低聲說。

「果然是這樣，果然是這樣。有沒有說怎麼死的？」

「沒有。」

「電報是從哪裡打來的？」

「彰化。」

「彰化？」

「炎坤。」

「什麼事？」炎坤已走到籬門，轉過頭來。

「你不難過？」

「爲什麼難過？反正一樣。我就沒有見過他。」

「你不能這麼說。」

「那妳要叫我悲哀？自我懂事，我就沒有見過他。他有沒有盡到責任呢？說實在話，他只是叫我被人取笑的材料。自小學的時候，人家就說陳炎坤的爸爸跟女人跑了。現在，我的憎恨的感情也算淡了一些，我不願意再憎恨了，爲什麼一定要叫我生出那種不可能的感情呢？爲什麼一定要我悲傷呢？」

「他還是你的父親呀。」

「這我並不否認。不過，我實在生不出那種感情。」

「如果是我死了呢？」

「妳爲什麼一定要說那種話？」炎坤說，正準備回頭走開。

「炎坤，你聽我說。」

「呃。」

「現在，你大哥又不在家裡，我們全家就只有你一個男人，我想叫你到彰化去，把你父親的屍體運回來。」

「不，我不去。」

「爲什麼不去。」

「我要上課。」

「學校可以請假。」

「不，我不能。」

「算是替我去的？」

阿福嫂望著炎坤，炎坤只是默默地站著。

「如果我們不去呢？」寶桂問。

「他們會潦潦草草把他收埋吧。」

「反正有人埋，不就好了。」

「也許會把他火化掉了。」

「外國也有許多國家，人死了，都是用火葬。」

「就是火化了，也要捧骨灰回來。」

「我實在不能請假，過幾天就要考試了。」

「媽，我去。」寶桂挺身出來說。

「怎麼行？」

「農事，我做不好，這種事，我想我可以做。」

「妳眞的要去？」炎坤說。

「當然去呀，只要媽答應。」

「我是希望炎坤去。」

「……」

「你眞的不願意去？」

「他一點也沒有想到我們。」

「你已記不起了吧，也許寶桂還記得。以前，你還小，你父親就常常用腳踏車載著你出去，有時甚至騎到鎭上，有人還笑他，說他是最有空閒的農人。你現在還可以看到，牛檻間那只架椅，就是他特地買來載你的。」

「那是載大哥的。」

「不，是載你的。就不知爲什麼，他自小就偏疼你，有時你大哥嚷著要坐，他最多也只載他在稻埕上轉幾個圈，從來就不載出去，爲了這件事，我還說他偏心。」

「他爲什麼要這樣？」

「我不知道。他說過，說你生出來就沒有祖母疼了。也許就是這樣。我生你大哥的時候，你祖母很高興，當時如果天上的仙桃可以摘到，她也一定要上去摘下來的。但是你出生之前不久，老祖母就偏偏早走了一步。也許就是這樣。」

「這，我好像也記得一點。爸就只載你一個，我們也嚷著要坐，只是挨了不少罵。」寶桂也插嘴說。

「……」

「你還是不去？」寶桂說。

「……」

「我本來不願意說，現在，都已過去了。你還記得今年七夕那個晚上，有個偷甘藷的賊？」

「那個又老又髒的賊？」

「還挨了你幾個拳頭。」

「我還記得。他怎麼樣？」

「他就是你的父親。」

「我不相信。」

「他一走，我就知道他再也不會回來了。自從他走了之後，我就一直想著他。我知道他再也不會活很久了。有時候，我也常常做夢，夢到他。以前，十幾年了，我就沒有這樣過。就是他剛離開家的那個時期，也沒有這種事。這一次，我知道他就要死了。也許是這一天，也許是下一天，有時候我還會覺得奇怪爲什麼他還沒有死呢。也許他已死了，只是我還不知道。他是餓死的。雖然電報裡沒有說他怎麼死，我卻很清楚他一定是餓死的。以前我也會這樣希望，希望他像一個乞丐回來。這是一種報應，而且是一種應該有的報應。那一天，我一看到他回來，而且又是那個樣子，我心跳動得很厲害，我的希望果然應驗了。看他連連偷挖著甘藷吃，我就知道他已完全沒有謀生的能力了。當我看到只挖我們自己未成熟的甘藷時，我反而覺得害怕了。他爲什麼這樣呢？人家常常說餓的人什麼都吃。你們看他餓成那個樣子，聞到了香噴噴的油飯和雞酒，居然連筷子都沒有動就走掉了。爲什麼呢？你說他沒有責任，他的確沒有責任。他走的時候，曾經狠心地把家裡所有的錢都帶走了，把那些豬也一起賣掉。只這一點講，也難怪你要恨他。他卻把土地的所有權狀留了下來。當時，我看到那些東西，倒也多少放了一點心。你一定以爲帶了那些東西，也無法立即變成現金。他可以去借錢。當時有人那樣做，我們也都知道那樣做。他沒有把那些東西帶走，表示他多少還想到了家，也留給了我一點依憑和勇氣。那時候，就只要他把那些文件也帶走，不管實際上他有沒有辦法，我實在不敢想像當時會做出什麼事來。也許我會把你們兄弟姐妹一個個捏死，然後再把自己了結。當時，我的確有過這種念頭。你們也許無法想像到我當時的心情吧。當時，我可以說像一個瘋子。人沒有了，錢也沒有了。我把抽屜一個個撬開，到處找不到那些文件。結果，那些文件卻好好的放在米甕裡。他一定以爲我一早起來會先去量米煮飯。那是他故意放的，而且也好像在對我說，我把這些東西放在這裡，同時也把責任交給妳了。你說他沒有責任是對的。你卻不知道他已把責任交給我。當然，你也可以恨他，這是你的權利，我不願意阻止你。如果我站在你的地位，也許也會這樣。因爲我一直沒有把這些話告訴你們。他沒有責任，是因爲他把責任交給我了。你說我是不是盡了責任？我是不是可以這樣說，我對你們所做的一切，都是替他做的？如果這還不行，你們是不是可以這樣想，這一次，完全是爲了我？當然我可以自己去，也可以叫寶桂去，甚至於可以叫你們的大姐夫或二姐夫去。我卻有一個希望，眞心的希望你去，就算是替我去的。你現在還年輕，懂得恨，這並沒有錯。說實在，我當時也是這樣，也許比你們誰都更恨他。我以爲自己一片眞心對他，他竟這樣。現在再想起來，如果當時能少憎恨一點，能多原諒一點，他也許不至走掉，說不定還會回頭過來呢。我對他說，如果那個臭女人有什麼比我好，你就不要再回來。他就眞的不再回來了。就是這一次他回來的時候，我能開口說一句話，隨便說什麼話，只要不再趕他，他也許會留下來的。我不能夠。在看不到他的時候，我也曾經偷偷地希望他回來，如果他眞的回來了，我那憎恨的心又要抬頭了。我總覺得這是我的權利。我覺得我什麼事情都可以讓步，也願意保有這個權利。他回來了，我可以把他留下來，尤其是看到他那個樣子。我只是說不出話來，我甚至於不屑正眼看他。他來了，又走了。我也曾經叫你們帶他去吃油飯。我實在不知道我當時是好意多，還是惡意多。沒有想到這反而提前趕走了他。如果我當時能站到他的面前，也許不必說話，只要看他一眼，他也許會留下來。我現在再說這種話，實在沒有什麼意思。因爲，如果現在他還在，我也許不會說這種話的。所以你們會憎恨他，我也不會怪你們。當他把油飯和雞酒一起放了下來，我知道他又要走了，而且不會再回來了。除了死，他是不會再回來了。也許死了，他也不會回來的。你們出去追他的時候，我也曾經希望你們把他找回來，另一方面卻也害怕你們眞的找到了他。上次，如果能把他留下來，他也許現在還活著吧。現在他已死了，想也沒有用了。也許，這是最好的結果。對他而言，是這樣，對你們而言，也是這樣。他留下來了，你們會看不起他，我也會看不起他，也許他自己也會看不起自己。現在，他是死了，在那麼遠的地方。我不知道他怎麼去那麼遠的地方。如果他能慢一些時候死，也許會死在更遠的地方吧。自從七夕那個晚上，他一走之後，我就覺得他越走越遠了。除了死，他再也不會接近我們了。也許甚至於死也無法使他接近。這是他自己挑的路。如果說有什麼和以前不同，就是我不應該再看不起他。如果你們還要繼續看不起他，我也不會怪你們。我只是希望你們明白，他的死，並沒有像我所憂慮，把他和我們的距離拉長到無盡。彰化雖然很遠，至少我們已知道了地方，所以我們要把他的屍體運回來。你們要恨他，可以繼續恨他，你們要看不起他，可以繼續看不起他。但是，只要你們還看得起我，就算替我走一趟。想回家來，本來就是他的心意，而且他也的確回來過了。他活的時候做不到的，現在死了之後也許應該可以做到吧。至少，也應該讓他做到。炎坤，你還是不願意去一趟？」

阿福嫂說話很慢，聲音也很低，只是一句一句說得很清楚，也一直沒有停下來。她說話的時候，眼睛一直望著炎坤，有時候也看看他身邊的寶桂。他們兩個人默默站在那裡聽著。

「我知道你會去的，是不是？」阿福嫂又加了一句，仍然望著炎坤。

炎坤抬起頭來，凝視著阿福嫂片刻，然後輕輕地，卻很堅定地點了點頭。

十一

今天是阿福嫂的生日。

可是，這是不是她眞正的生日，恐怕連她自己也不知道。當她給賣到陳家來的時候，生母也沒有把這件事告訴她。她離開母胎的時候是一個階段，離開母家的時候又是一個階段，和母親間的距離越拉越遠了。也許，這就是養女可憐的特徵，其他有許多重要事情，都沒有讓她知道，何況是生日呢。

在她的記憶裡，她就只做過一次生日。那就是她生溪泉那一年，她的婆婆一高興，突然燙了兩個雞蛋給她吃，告訴她，那是她的生日。

她的婆婆，也就是她的養母，爲什麼知道呢，她也不明白。也許是生母告訴她的吧。她也不知道這是不是她眞正的生日，也沒有想到要把它記下來。也許由於一生就只有這個記憶，就自然記下來了。

開始的時候，她也曾經相信今天是她的生日。平生，能夠有福單獨吃兩個蛋的，也許這是第一次。如果她生炎坤的時候，婆婆還在的話，也許還會再燙兩個蛋給她吃吧。如果也是同一天，也許可以證明婆婆的確有什麼根據，現在這一件事也和婆婆的死一起埋葬了。一直到最近，她才知道這不是她的生日。她不知道養母爲什麼把這個日子定爲她的生日，以前她不敢問，現在自然也無從問起，而且也沒有問的必要。既然有人燙了兩個蛋，並且告訴她這是她的生日，她爲什麼要懷疑？就是明明知道是不確實的，她也願意接受它。

現在，她已知道這很不可能是她的生日了。因爲這和戶籍上登記的，差了兩個月。阿坤告訴她，就算是陽曆和陰曆之差，也不會差到兩個月以上。

那養母爲什麼要擇一個不屬她的日子給她做生日呢？也許她根本就不知道她的生日，隨便挑了一個日子給她，也許她知道，只是那日子過去了再想起來的吧。也許生母眞的告訴過婆婆了。她不知道爲什麼不告訴自己呢？

不管是眞是假，阿福嫂還是很感激婆婆。在她一生裡，能夠在生下一個男孩的時候，還算沒有完全被人忘掉。她雖然不把生日看得很重要，如果一定要她選擇一個日子，她爲什麼不選這個日子呢。她的孩子們，尤其是炎坤曾經一再表示懷疑，而且還願意替她推算出一個正確的日子，她還是主張，如果一方有錯，一定是戶籍上所登記的錯誤，因爲上一代鄉下人報出生能準確到什麼程度呢。

所以，今天還是她的生日。

在她的一生，除了那一年，她就沒有做過生日了。那以前，她當然沒有做過，那以後，她也沒有想過，更不會有人來替她做生日。其實，做和不做，對她並沒有什麼重要的差別了。尤其是，這一天到底是不是她眞正的生日呢。

她並沒有想到做生日，也不願意做。

做生日是老人家的事。老人家做生日還是要逢一逢十，她現在連五十歲都不到，實在談不上做什麼生日了，而且阿福才死了不久。

當然，她還不能確定這些孩子們要替她做生日，不過她有一種預感。

兩三個月前，炎坤就曾經問起過她什麼時候生日，當時阿福還沒有死。她說了日子，阿坤立即表示懷疑，說陽曆和農曆不可能差到兩個月。

當時，她也沒有想到炎坤問她生日的用意。她只知道那以後，就常常有月娥、玉嬌和溪泉幾個孩子寄回來的信，有時候想問問信的內容，孩子們也都含混其詞，不做正面的答覆。

她的預感並沒有錯。昨天晚上，炎坤告訴她，溪泉要回來了。

溪泉是阿福嫂的大兒子，現在還在服兵役。

溪泉以前也曾使阿福嫂傷了不少腦筋。

他是大兒子，她曾經把希望寄託在他的身上。

她並不想他耕農，所以讓他念了普通的初中。這一方面，也是聽他小學的老師的勸告。因爲他在小學時成績很好，老師還特地來拜託她，務必讓他考普通中學，也可以替學校爭些榮譽。

溪泉在初一時，成績還是十名以內，由農村去的，有這種成績已是很不錯了。到了初二，他的成績就急銳下降，其中有一些功課，竟拿了紅字。

這些事，她本來也不知道。有一天，突然從學校裡來了一位張老師，張老師是溪泉的導師。張老師告訴阿福嫂，溪泉本來是一個好學生，最近成績一落千丈，問他也不說，是不是家庭上有什麼困難。

阿福嫂告訴他家庭上並沒有什麼困難，兒子還是每天照常上學，只是有時晚上回來晚了一點，問他，他也只說到同學家溫習功課。

阿福嫂也信以爲眞，以爲用功本來也是好事，能交一兩位好同學更是可喜的事，所以就是田地的工作忙些，也自己多出一點力。

張老師的看法卻不是這樣。他告訴阿福嫂，最近學校裡出現了一種不良少年的組織，專門爲非作歹，以欺負善良學生爲能事，學校當局也非常頭痛，呼籲家長們合作，在家裡多多管束孩子。

阿福嫂把這些事問了溪泉。阿福嫂自己又不識字，對這種事本來也不知道，現在聽了張老師的話，雖然不認爲自己的兒子會做出那一類的事，心裡卻也非常焦慮，看了溪泉一回來，就立即責問他。

開始溪泉還否認，經過阿福嫂一再逼問，最後卻承認和一些小太保鬼混。學抽菸，學打架，並且告訴阿福嫂，爲了要永遠離開那些「夥伴」，最好轉學到別的學校。

阿福嫂也不知道這一類的事，以爲孩子要學好，是最好不過的事，就滿口答應了。

新的學校是一所私立的學校，學費增加了不少，而另一方面，又因爲學校更遠，需要通車，時間和金錢的負擔也都隨著增加了。

爲了浪子回頭，阿福嫂也覺得就是自己多辛苦一點也是值得的。她是不會想到有一些私立的學校，在這一方面往往比公立的學校更差。

溪泉所以要轉學，並不是眞的因爲要換換環境，而是因爲他的成績已無法繼續讀下去了，只是他還不敢開口。現在阿福嫂卻自己提了出來。

當然，溪泉開始也略有奮發的決心。但是到了新的環境以後，卻又碰了更多的問題。新的環境有新的接觸，使他不能安靜讀書。尤其和他一樣的，有的早已聽到了他的名字，想百般的拉攏他，有的卻和他，至少和他以前的組織有些怨隙，想從他的身上獲得報復。而另一方面，他以前的「夥伴」也不願意輕易放棄他。

這樣，他的關係反而比以前更複雜，反而使他越陷越深，無法自拔。

而另一方面，在新的學校，沒有碰到像張老師那樣負責任的老師，甚至於連他留級都沒有一位老師來家裡找過阿福嫂。

阿福嫂滿以爲換了學校，已有了改善，誰會想到竟是這種結果呢。

初二那一年，溪泉留級了一年，他升初三那一年，阿福嫂還以爲他已升了高中，一直到有一天她到鎭上買飼料，才從飼料店的老闆娘聽到了消息。

當時，她的心情又難過，也羞愧，想不到自己花了那麼多的心血，竟養出了這樣一個兒子，一定是前世做了孽，才有了這種報應。

她一回家，咬著牙齒，找了溪泉來，馬上叫溪泉去辦理退學，回家耕田，因爲家裡正缺乏人手，怎能讓一個人吃閒飯。

當時，大女兒月娥和二女兒玉嬌都還在家裡，力勸阿福嫂好壞讓他讀完初中，溪泉自己也表示悔悟，決心發憤讀書。

「這是最後一個機會。」阿福嫂從來沒有發過這麼大的脾氣。

這時候起，溪泉好像也讀了一些書，初中也算順利讀過。

他讀完初中的時候，擺在他面前的有三條路。第一條是不再升學，留在家裡耕田。這是最眞實的路，是阿福嫂所希望的。第二條是上農校，畢業以後回來耕田也可以，在鎮上替他租個店面，讓他賣賣飼料、農藥。第三條路，是溪泉他自己的希望，希望繼續讀中學，準備再升大學。

溪泉的意思是，要讀高農，不如讀大專的農科。

阿福嫂無論如何不願意他走第三條路，這不是因爲她沒有眼光，是因爲她有一種感覺。

後來還是經過他兩個姐姐一再的慫恿，說農村裡也應該有人讀大學，爲什麼一定要一代一代捏田土呢？而且她們又答應替他負擔以後的學費，阿福嫂這才勉強答應了。

溪泉考取了那一家私立學校的高中部。對這，他很痛心，卻也表示要努力。

他高一的成績，第一學期是第六名，第二學期進到第四名，阿福嫂看到，心中的確暗暗高興。

到了第二年，學期開始不久，溪泉突然對阿福嫂說：

「阿母，我想去當兵。」

「什麼？」

「我想去當兵，我要去考通信電子學校。」

「爲什麼？」

「我沒有辦法應付以前那些朋友。」

「你不跟他們一起不就好了？」

「不跟他們一起也不行。」

「那你爲什麼不告訴老師？」

「告訴老師有什麼用？我也不能這樣做，他們會報復。」

「那你回來耕田。」

「我要去當兵。」

「不行！」

「我考通信電子學校，可以學點技能回來，以後也可以自己開家電器行。」

「你年紀太小了。」

「阿母？」

「不行。」

「那我還要回學校讀書，我還是喜歡讀書。」

「那些人呢。」

「我盡量避開好了。」

他雖然想避開，人家卻不讓他。有一次，幾個夥伴約定地點打架，他沒有參加，結果事發，夥伴們差一點給警察抓去，竟有人懷疑是他出賣他們。

「你要做好學生，你去做，為什麼出賣我們？」他們說。

「我沒有出賣你們。」他說。

「還抵賴，混帳。」有個姓范的夥伴說，抽出一把尖刀向他腹部刺了一刀。

「哎喲。」他叫了一聲。

「這就是教訓。」姓范的說，正想再動手，旁邊的人連忙阻止他。

「我們走吧。」有一個姓龍的說。

這一刀正刺在溪泉的腹部，醫生說差一點刺到肝臟，結果卻花了好幾個月的時間，才療好了刀傷。

當然，這期間他的學業完全荒廢了。

「我要去當兵。」他的傷一好，他又說。

「你的傷還沒有完全好呢。」

「已完全好了。」

「醫生說你還應該靜養一下。」

「我已休養夠了，醫生總是要這樣說的。」

「你爲什麼一定要去當兵？」

「我不願意再回學校去，我也想要一個新的環境。上一次，我告訴過妳，那一次，就有一個同學考了通信電子學校，寫信回來說那裡環境很不錯，完全和學校一樣。這樣子，一方面可以提前入伍，一方面也可以繼續讀一些書，學一些技能。」

「你要去幾年？」

「十年。」

「十年？」

「也許長了一點，也可以多學一點。」

「你眞的認爲這樣好？」

「嗯。」

「我還是跟你兩個姐姐商量商量。」

「阿母，眞的，妳相信我，我眞的想學一點東西，我覺得這是最好的辦法。」

「既然這麼說，你就去吧。」

溪泉的選擇可以說是正確的。時間過得很快，現在已六年了，再過三年多就十年期滿，他就可以退伍回來了。聽說他對電器方面的知識已遠超過鎭上一般學徒出身的技工了。

退伍之後，他要留在家裡耕田也好，要出去自己謀生也可以。現在雖然還有一段時間，溪泉也還沒有確定告訴過她，她相信他會有很好的安排。

她知道溪泉沒有在這個時候回來的道理。因爲他父親死去的時候回來過一趟，過年也回來過一趟，現在過年才過去了一個月左右。他回來，完全是爲了她。

雖然，溪泉要從那麼遠的地方回來，要花時間，也要花許多費用，她還是高興見到他。實際上，從早晨起床以後，她就一直想著他和其他幾個不在家的孩子。

今天和昨天一樣是一個農閒的日子，是一個眞正的閒日子。

往年，雖然一樣是農閒的時期，總也要種一些蔬菜。芥菜、大心菜、捲心菜、煙台白菜等都是價錢比較好，也要花較多心血的蔬菜。至於菜頭、菠菜等，那就只要把種子播下，經過一段時期施點肥，把不要的刪掉就行了。

今年卻是眞正的空閒。雖然忙慣了的人，一空下來，往往不知道如何過日子，卻也有許多人實實在在喜歡難得有這麼一個時期。

爲了農地重劃的關係，大家都閒下來了。有的人也去清理竹屏，有的人也出外做幫工，有的也在蓋造新房子，也有許多人，像阿福嫂她們是眞正的空閒了。

不做生日就不必說，既然要做生日，不管是壽星或者祝壽的人，還是挑這種日子好。婆婆替她挑了這一個日子，雖說有任意的成分，也總是顧到了這一點吧。

阿福嫂一早起來，把豬餵好，洗了衣服，坐在稻埕上紮一些乾稻草和竹枝。

炎坤一早就出去看農地重劃的工程。他對這件事特別有興趣。

金鳳在房間裡溫習功課。

秀琴在大廳上編結竹笠。她在鎮上當會計，一有空閒的時間，就靜靜地坐在大廳上編竹笠。

「妳今天不上班？」

「我請假了。」

「爲什麼？」

「大哥要回來嚒。」

「大哥才回來不久呢。」

「反正，我今天不去上班。」

聽了秀琴的話，阿福嫂更是深信不疑這些孩子們要做什麼事了。

寶桂已和林忠信結婚了。她和秀琴完全相反，最不喜歡靜坐在廳上編竹笠，所以在家的時候，就是空閒無事，也不願意做那種手藝。

本來，她是預定年底結婚，後來因爲父親死了，依照本地的習慣，提前結婚，也可以省去一些手續和費用。其實，寶桂也喜歡這樣。她就曾經主張她「一個人走過去」，這一次也可以說差不多是一個人走過去了。

她嫁出去以後，因爲家近，也因爲她喜歡動，就常常回來，有時候，一天就回來幾次。結婚之前，她又在鎮上找了一份差事。林忠信也沒有反對她繼續上班。

寶桂在上班之前，只要有時間，總是順便來看看阿福嫂，下班回來也是這樣。有時，領薪水的日子，買點東西回來，總也要分一點給母親她們。

「今天妳也請假了吧？」不久，寶桂也來了。

「妳怎麼知道？」

「秀琴也請假了。」

「秀琴請假跟我有什麼關係？」

「不然，就是妳大哥要回來。」

「也可以這麼說。」

「還有其他的理由？」

「其他什麼理由？」寶桂說，望著秀琴笑了笑，秀琴也輕輕把舌頭伸了一下。

阿福嫂看在心裡也不再追問下去。

寶桂已有了身孕。從前阿福嫂生這些孩子的時候，幾乎每一次都病孩子病得很厲害，而且要病十個足月。寶桂這孩子卻完全不同。只在開始，略微覺得頭暈、嘴淡，現在不但什麼都沒有，就是上下班，還每天騎著腳踏車。

「妳身體沒有關係吧？」

「沒有關係。」

「妳還是不要騎腳踏車。」

「現在暫時還可以騎。」

「妳跟她說有什麼用？我們的三姐什麼時候聽過人家一句話？」秀琴在旁邊說。

「我什麼時候不聽話？」寶桂笑著反詰她。「尤其是妳的話。」

「反正妳只聽一個人的話。」

「誰？妳說，我只聽誰的話？」

「還要說嗎？」秀琴說，垂下頭，眼眶已有點紅起來了。

「不要盡說那些話了。」

「秀琴，眞的，我會聽妳的話的。」

「不要再說了。都是我不好。不要再說了。」秀琴喃喃的說。

「妳大哥也該回來了吧。」阿福嫂說。

「我去看看。」

「妳騎車子要小心呀。」

「我會的。」寶桂說，輕輕地跨了上去，蹬了一腳，騎出去了。

「妳大姐二姐她們也回來吧？」

「嗯。」秀琴輕輕地點了點頭。

「爲什麼要這樣？妳父親才死了不久。」

「大姐她們說，我們只是利用這個日子聚一下。本來，也希望父親在。那是不可能的。也許，今年，也可以說父親回來了。」

「……」

「對不起，我今天，老是說些傻話。」

「沒有關係。他是回來了。我知道他一定是這樣回來的。也許比我所想的早了一點，卻比我所希望的，晚了一點。我以前就常常這樣希望，早一點，如果不能活著回來，死了也沒關係。這樣子，才有一個解決，才有一個結束。」

「妳現在還這麼想嗎？」

「現在我就不清楚了。也許還是一樣，也許反正現在事情已有了結束，我什麼都可以不再想了。所以妳說什麼都沒有關係，只是妳們不要這樣，人家會說話。」

「沒有人會知道的。我們也不會有人提起來的。事實上，我們也不打算做什麼，反正以後還有很多機會。大家主要的意思還是利用這個機會回來看看媽媽。」

「媽，大哥回來了。」是寶桂的聲音。

「溪泉，騎車子要小心，寶桂已有孩子了。」阿福嫂站了起來說。

「我知道，我知道。」溪泉輕輕停了車，扶寶桂下來。

「你坐夜車回來？」

「嗯。」

「很擠？」

「擠一點。」

「有沒有睡好？」

「睡了一下。一個晚上不睡有什麼了不起？」

「你這脾氣還不能改，我是告訴你身體要緊。」

「我身體不是很好嗎？」

「你請幾天假？」

「兩天。」

「那你明天就要回去了？」

「嗯。」

「爲什麼要這樣奔波？」

「回來看阿母呀。」他們這些人的話，好像是一個模子裡印出來的。

「你也該去睡一下。」

「不，不必了。一天不睡覺算不了什麼。」

「眞是。」

「大姐二姐還沒有回來？」

「沒有。」

「阿母，妳知道嗎？大姐她們……」溪泉說到一半突然又停了。

「什麼事？」阿福嫂說，望著寶桂和秀琴，她們好像向他迅速地使了個眼色。

「沒有。」

「是什麼事嗎？」

「我想說了也沒有關係。」溪泉望著兩個妹妹說。

「是什麼事，這樣子呑呑吐吐的。」

「大姐二姐說要買一架電視機回來。」

「什麼！」

「阿母整年忙個不停，不要說鎭上，就是附近廟裡演年尾戲，也難得去看一次，所以才……。」

「爲什麼要這樣花費？一架電視機要多少錢？」

「五、六千元吧。」

「那麼多錢。」

「那也沒有什麼。本來大姐二姐她們，一個人要出兩千元，後來寶桂她們也加入，要平均攤，結果她們兩個每人攤了一千五，秀琴她們也攤了一千元，只有我最少攤了五百元。起初，她們不讓我攤。我是個男孩子，攤少已不好意思，怎麼能不攤呢。」

「媽，金鳳也攤了一百塊錢呢。」

「金鳳哪裡來的錢？」

「她最有錢了。平時我們給她，她卻是一毛不拔，一個一個貫了起來的。」

「我實在不願意大家這樣花錢。」

「這並不算什麼。說起來，這也是頭一次。」

「炎坤呢？」

「他去看重劃了。他最關心這個，一天到晚，沒有事，就出去看。」

「快好了吧。」

「快好了。」

「重劃對我們有好處嗎？」

「照炎坤的說法，應該有許多好處。」

「聽說以後分配土地，還有許多問題。」

「炎坤說都會有合理的解決。」

「我回來的時候看那些田挖得凸凹不平，看過去好像很亂。」

「現在還沒有好。等他們做好了，我們還要去收拾一下。聽說第一次大家都要苦一點。這也是一種建設，什麼建設都一樣，開始大家總要吃點苦。如果大家沒有好處，政府也不會辛辛苦苦做些不討好的事了。說起來，我也實在不懂什麼。不過，我相信炎坤。」

「媽。」炎坤跑了進來。

「什麼事？」

「大姐她們回來了。」

「在哪裡？」

「在新造的村路上。坐計程車來，就快到了。」

「叭叭——」

「來了。」

「叭叭。」計程車慢慢轉入稻埕。

「阿母。」是月娥的聲音。

「阿母。」是玉嬌的聲音。

「阿媽。」她們的孩子們也來了。

計程車的後面還跟著一輛乳白色的電器行的小型送貨車。車上放著一個大紙箱。

「爲什麼要這樣呢，爲什麼要這樣呢？」阿福嫂不停的說。

「我來裝。」炎坤挺身出來。「我沒出錢，卻可以出點力。」

「這個我是專家呢。」溪泉說。

「不必了，人家有技士跟來的。」

「難道我什麼都不做？」

「你去殺雞好了。」月娥說。

「叫我拿牛刀去殺雞？」

「難道要你去殺牛不成？」

「你去把那隻閹雞捉起來。」阿福嫂指著籬邊說。

「好呀。」炎坤把衣袖略微一勒，輕步走近籬下。

「咯，咯，咯。」大閹雞看他來了，咯咯叫著，不停地轉動眼珠，機警地踱開。炎坤在後面跟著，突然向前一偏身，把手迅速一伸，捉住了雞的翅膀。

「咯，咯，咯，嘎！」

「看我的。」炎坤說，把雞交給阿福嫂。

中飯也很平常，就是剛才那一隻大閹雞，一塊鹹肉，兩碗公荷包蛋加冬粉，其他的都是一些在屋外自己種的蔬菜。

阿福嫂也沒有打算做生日，兒女們也知道她的心意。今天，大家能聚在一起，的確是一件高興的事。阿福嫂看著她的七個兒女長大了，更是高興。

月娥上次回去之後，已和她的丈夫吳天佑言歸於好了。在已出嫁的女兒當中，月娥要算最有錢。吳天佑是一個商人，在商場免不了有許多應酬，所以在風月場所出入也是常事。要如何使丈夫能在眞假的感情之間有一個選擇，本來也不是簡單的事。月娥在這方面似乎已有了一種心得。

玉嬌和月娥正相反。她嫁了一個小學教員，雖然家裡清苦些，卻也平靜無事。這也是她自己喜歡的生活方式。自幼玉嬌就喜歡靜，從來就不喜歡和姐妹們計較。做教員雖然薪水低，卻很安定。她也兼一點裁縫，補貼一些家用。

這一次，她們買電視機來，對她增加了不少負擔，她也很樂意參加。

溪泉和寶桂兩個人一樣，在她們短短的二十多年的生命當中，都經過了不少波浪，兩個人都曾經在生死的邊緣掙扎過。

她很高興溪泉已順利的度過了一個難關。原來，她並不贊成他考軍事學校，尤其是他的學業還沒有成就。就結果觀察，他的選擇卻是正確的。他每一次回來，她總有一種感覺，覺得他比以前更加成熟。當然，擺在他面前的還是一條很長很遠的路，將來如何還不能斷定。她卻有許多理由相信溪泉將會盡力克服。寶桂已有了歸宿。她自幼就不大喜歡農事，長大以後，更是有意和農家的一切疏遠。也許是命運的惡作劇，她卻偏偏嫁給了一個農人，而且是用自己強烈的意志選擇出來的。

在寶桂的選擇過程中，秀琴是一個犧牲者。如果秀琴的犧牲和寶桂的所得到的相比，這種計算還是值得的。

做爲一個母親，實在沒有理由，也沒有權利叫一個兒女做爲其他兒女的犧牲品。問題是有些事情卻是無法避免的。從這一點說，她時常覺得對秀琴有所負欠。只要有機會，她將會盡力彌補她，而且她也將盡力找這種機會。

對炎坤和金鳳，現在還是未知數，要談論也許還太早，不過有一點可以告慰的，他們都把自己的事做得很好。

炎坤雖然還是學生，他對農事卻能理論和實際兼顧。論學識，整個田心村可能很少人及得他，論氣力，也是如此。他唯一的不足，就是尙缺經驗，做起事情來，不免有些急躁和偏激。這是可以等待時間來解決的。

至於金鳳，比起幾個哥哥姐姐都有過之而無不及。她的成績是全班第一名。這使阿福嫂有充足的理由相信，一個比一個好。

阿福嫂曾在心裡想著，只剩了這個孩子，如果她眞的能夠進大學，也願意讓她讀。這對其他的孩子也許有些不公平，尤其是大的幾個女孩子，有的連初中都沒有上過。那是以前的事，以前，她曾經想過，女孩子不重要。因爲她就是被賣到這裡來的。也許，那是由於貧窮，也是由於無知吧。

一個比一個好，是可喜的現象。阿福嫂望著全桌的子女，她感到滿足。本來，她是一個沒有什麼慾望的人，要使她滿足是容易的事。

這時候，她也突然想起了阿福。在她一生裡，可說是最重要的人物，現在卻不能和她一起看到自己的兒女長大成人了。

這是他的錯誤嗎？她實在不敢肯定。他有錯誤，她自己何嘗不然？

如果阿福不出走，他還會活著嗎？這一群孩子們會更爭氣一些嗎？她不知道，也不想知道。她只知道自己應該滿足。

她望著全桌的子女，也望著和她們一起吃飯的小貨車司機和電氣工人。她的心裡突然有了一個感觸。

這一架電視機是全田心村裡的第二架。第一架是阿賢伯他們的。他們的電視機放在大廳上，平時很少開，就是開了也很少有人去看。就是有人想去看看，也怕那隻大黑狗。尤其是村子裡的孩子們。

說起孩子們，自從電視機運進稻埕裡以後，就不知有過多少小孩子在門檻上站望過了。

「電視機是不是可以搬動？」

「最好放在一定的地方。」

「我很想晚上能夠搬到稻埕上，可以讓更多的人看到。」

「我們可以把天線放長一點，不過要注意不要把天線捲起來。」

「謝謝你。」阿福嫂說。好像已可以看到許多村人來觀看電視了。

有一天，她會大聲告訴他們，這是她的七個孩子買來給她的。

十二

邱錦章和周美美坐三輪車由鄉道拐入村道，美美忽然把車子叫停。

「妳叫停做什麼？」

「我們何不走點路。」

邱錦章早就有這個意思，只是他考慮到妻子已有身孕。

在鄉下，本來就沒有坐三輪車的習慣。幾塊錢在他們來說，和每一粒米一樣，都是辛苦的結果。和田裡那些工作比較起來，走這幾十分鐘的路並不算什麼。

現在，美美已懷孕了，懷孕當然仍可以走路，他還是叫了一部車，因爲今天是一個特殊的日子。

「妳可以走路嗎？」

「我可以走路。」她說，直望著他。「我們也應該仔細看看。」

他也這麼想著，美美好像已摸到了他的心。

雖然，這是他的故鄉，雖然，他離家只有幾個月，當他不在的期間，這田心村已有了根本的變化。

他有一點好奇，也有一點害怕，好像他現在踏進的土地，是一塊完全陌生的地方。他回頭望著美美。美美笑了笑。看過去，她有一點疲憊的樣子，臉色也有一點蒼白。

「妳過來。」

他停下來，伸手挽她。她只是笑了笑。

「這地方怎麼可以呢？」她說，仍然在後面跟著，始終和他保持一點距離。

自從他和父親發生爭執，離開了田心村，他一點也沒有想到會再回來，而且這麼早就回來。他當時，什麼都沒有想到，只想能找到美美。也許，除了這一點，他什麼都沒有把握吧。

「你必須回去，立即回去。」美美對他說。

「不，如果妳不嫌我，我就住下來。」

「怎麼說會嫌你？但是你不能離開土地。你一離開，誰去耕種？」

「有土地自然就有人耕種。只怕沒有土地，倒不怕沒有人耕種。」

「你父親年紀那麼大了。」

「他只把我當做一個長工，他並不眞正把我當做兒子。他的兒子，卻是那個只會吃飯，連鋤頭也拿不起來的寶貝。」

「你不能這麼講。你必須回去。」

「不，我要跟妳在一起。」

「你不能爲我這樣一個女人做那麼大的犧牲。」

「我願意犧牲，只看妳願不願意留我。」

「……」

「妳不願意也沒有關係，反正我已出來了，沒有再回去的道理。」

「不是不願意。」

「那我就留下來了。」

他就這樣留下來，兩個人一起到附近的工廠找工作。工作雖然不輕鬆，他是個農人，她也吃得起苦，兩個就這樣一起上班，一起下班了。

周水池看在眼裡，心裡也高興。

前幾天，邱錦章的弟弟邱錦炳忽然來找他，說父親要他回去。這時候，他才知道父親已入獄。

「我不回去。」他說。

「這是父親的意思。」

「你可以耕種嘛。」

「我不行。」

「可以試試。不是每一個人生下來就什麼都會，而且你又生在鄉下，在鄉下長大。」

「阿母也希望你回去。」

「妳願意回去嗎？」他問美美。

「你呢？只要你說。」

「你阿爸呢？」

「他大概不會去了。」

「那怎麼行？」

「他會好好的照顧自己。」美美說，有點黯然。

「那我不回去。」

「你們必須回去。」老人家說。「你不能讓那麼一大塊田地荒廢著。」

「那你也一起去。」

「不，像美美說的，我會照顧自己。」

「爸，你要自己保重。」

「我知道。不過，妳現在已離開了我，妳就是大人了，妳要知道大人和小孩子是不同的。」

「我知道，我知道。」

「你們來得不簡單，要好好待她呀。」老人拉著邱錦章的手說。

「我知道的，請放心。」

邱錦章好像還可以看到老人家倚門目送他們出來的情景，也好像還可以聽到每個人說話的聲音。

「請放心。」

這一句話不僅是對老人家說，也是對美美說的。也許，也是對自己說的。

他又回頭望著美美，她已落後幾步了。也許是他今天走路把腳步放得特別大。

他停了一下，等美美跟上來。也許和身孕有關，美美走路較慢，她心裡，也一定和自己一樣，也許比自己更強烈地想著剛才和她父親離開時的情景吧。

對他而言，他是回家，對她，卻完全不同了。他從她的臉上，一點也看不出什麼來。因爲每當他回頭，她總是對他露出一點苦澀的微笑，好像在對他表示歉意，也好像責備自己不行。

太陽從高空照下，瀉滿了她的身子，風吹過來，有點冷。

自從走入村道以後，四周的景象有點不一樣了。

從頂田村以下，一片峽地的田地，都已規畫得整整齊齊，有如一塊大棋盤，方方正正，井然有序了。田中，有大路，也有小路。路的兩旁也有水溝。他在離開之前，已聽說過，一邊是排水溝，另一邊是進水溝。當時，他也不大相信爲什麼同一個地方要開兩條水溝，多用了一些土地。這也一定有道理的吧。

只離開了幾個月，他好像就有一種跟不上時代的感覺了。他的確有那種感覺。

以前，他只知道日出而作，日入而息，現在，似乎只這樣是不夠的。

他回想著以前他所熟悉的這一帶，現在，他所站的雖然還是在同一個地方，他所看到的卻完全不同了。

他記得那裡有一塊竹圍，那裡有一排竹屏，現在卻再也看不到蹤跡了。以前那彎彎曲曲的田路，也都看不到了。

他閉著眼睛。在幾個小時之前，還清清楚楚在他心目中所看到的故鄉的景色，又出現了，但是現在已不再那麼完整了。另外有一種更明顯的，更單純的，印象更深，也更動人的線條，已漸漸取代了它。

他不敢相信二三十年來深刻在他腦海裡的景色會褪色得這麼快，一點也沒有抵抗的力量。

他略微感到害怕。一種進入陌生地的害怕。也害怕這些有力的圖案已取代了他的記憶。

他再睜開眼睛，又是那一幅新的景色。

他出生在這裡，生長在這裡，而這時候，他第一次感到類似感動的情緒。

放眼看過去，一直到西邊的山巒，那山巒過去就是大海，而另一邊，東方的山巒和山巒過去，一看略微飄茫的中央山脈的山裾。在這兩排山巒之間的峽地，這時展現在眼前的，已不再是一片雜亂。

他有一點不相信人的力量。這就是人的力量，在短短的幾個月之間，把這個地方變成了另外一種模樣。

這個工程，他卻未能躬身參與，未能投入自己的一份努力，好像有一種感覺，看到了自己兒子的成就，卻已冠了別人的姓。

做爲一個農夫，他相信並不比這裡任何一個人差，他卻好像已比別人遲走了一步。這雖然不能算是自己的錯，卻也不能完全免掉責任。

他望著村道兩邊的水田，是一片疏疏落落的綠色，新稻子才插了秧，在水波裡輕輕擺盪著。他忽然想起弟弟去找過他，告訴他他們的田還沒有插秧。父親發生事情之後，長工們也都各自回去了，田地沒有人犁，苗種也沒有人播，更談不上插秧了。

這時，他所感到比別人遲一步的，並不止是參與重整這一片田地，而且還包括了耕種自己的田。

他放開了一個大步，向前衝了幾下。但是他立即又想到了背後的美美。

他有點焦急。焦急也沒有用，他必須回到家裡。他忽然想起，現在也許連家都已變了樣。

他往遠處一望，以前散落在田地中央的竹圍，有許多處已清理掉了，代之在村道的兩旁建蓋了一些新的房屋。

他的那些房屋是不是也拆下來了呢？弟弟並沒有告訴他這些。他當時也沒有想到問他。

那些房子是他父親蓋的。在田心村，不止是田心村，在峽地三村中，是規模最大的。他有一個希望，其他任何什麼東西改變都沒有關係，只希望那房子不要拆掉。

其實，他現在，比任何事情更想念的，卻是父親。雖然他知道那些事情都是父親自己一個人做出來的，父親畢竟還是父親。

自從上次離家之後，他就一直沒有見過父親。當然，他甚至於也對父親感到不滿。這時候，他突然很想念他，尤其自從他想到了那些瓦屋之後。

他很害怕，萬一父親回來，再也看不到那些瓦屋，會有什麼感覺呢。

他望著前面，卻還看不到田心村的整個面目，回頭過去，美美卻還微張著兩腿，緩慢前行。

剛才如果坐車，現在早已到家了，他明瞭美美的心意。如果現在美美也能明瞭他的心情，也一定要很焦急的吧。

他的家園就擺在眼前，他卻對它的情形一點也不清楚，只有心裡懷著一片焦急和不安。

「美美。」他在心裡喊著。

美美也好像明白他的意思，突然放大了腳步。這時候，他突然注意到美美的額頭輕輕地皺了一下。

「怎麼了？」

「沒有，沒有什麼。」美美連忙否認。

其實快和慢，也不會差很久。頂田村一過，便是田心村了。他只是焦急，而這也完全沒有必要的。

「美美。」

「嗯？」

「妳怎麼了？」

「沒有呀。」美美笑著說。

「我們要一起走。」他說，拉了她的手。

「人家看到了。」

「人家看到，就看到。我們現在是回家來了，那是我們的家。」他說，望著她的小腹。

「我……」

「怎麼？」

「人家會講話，我們如果要住下去。」

「沒有關係。這條新路足夠我們兩個人張開著手走的。」他說，還是拉著她的手，兩個人並著肩走到了田心村的入口。

「瓦屋，妳看，我們的瓦屋還在那裡。」邱錦章說。

「他們並沒有把它拆掉。」

「妳停一下。」

「做什麼？」

「妳不停下來看看？」

「好呀。」

「那是阿爸的手裡蓋的。」

「呃。」

「有許多人會說爸爸賺了不少不義之財，尤其是那一件事情發生之後。但是他年輕的時候，也吃過不少苦。他曾經從台北揹了一塊板門回來。爲了一塊板門，他走了好幾個鐘頭的路。」

「……」

「妳怎麼了？妳不相信？」

「不是不相信。」

「想不到年紀那麼大了，才……」邱錦章嘆了一聲。

「錦章，我，我明白你的心情。」

「妳能明白很好。其實，我也不完全贊成他。只是現在……」

「我知道，我知道的。」

「妳不會怪我吧。」

「爲什麼怪你呢？」

「這是一件大事。對邱家而言，對整個田心村而言，都是一件大事。我早就該回來一趟了。」

「現在已回來了！不是一樣？也許過幾天，我們還可以去看看他。」

兩個人走到了籬門前，庫洛迎了出來，看了他們突然吠叫起來。

「庫洛。」邱錦章說。「你不認得我了？」

庫洛望了他一眼，低哼了一聲，突然轉向周美美，也叫了起來。

「庫洛。」邱錦章說。

「庫洛。」邱錦炳說，人已跨出了大廳的門檻，然後轉頭回去，大聲說：「阿母，阿兄他們回來了。」

阿賢嬸聞聲也已走到了大廳。只有幾個月不見，邱錦章覺得母親比從前蒼老了許多，鬢角的白髮也增加了不少，前額上的皺紋也畫得更深了。他感到整個屋子裡的氣氛，比以前落寞許多，也清冷許多。

「阿母，她是美美。」邱錦章拉了美美的手，走上廳前的台階。

「阿母。」美美低聲叫了一聲，把頭垂了下來。

「我們結婚了。」

「那很好，趕快進來。」母親說。

「阿母，美美有身了。」

「呃，那眞好。你們趕快坐下來，有話也可以慢慢說。」

「田裡現在怎麼了？」

「還沒種，前幾天，阿福嫂來，說大家要來幫忙，只是錦炳不肯。」

「呃。我要去看看。」

「反正已遲了，你們才回來，也應該先休息一下。」

「這房子沒有拆掉？」

「沒有。我不讓他們拆。我說等你們阿爸回來再說。我不知道做得對不對。」

「對，對。我一路回來，就擔心這房子被拆掉。」錦章說，望著母親。母親的臉上已有一種堅定的表情，這是她以前所沒有的。

「你們坐一下，我去煮飯。」

「不，我來。」

「妳這才第一次進我們的家，也應該算是新娘，哪裡有新娘下廚房的道理。」母親說。

這時候，美美的臉色已漲紅到耳根。

「阿母也眞會說笑。還是我去煮飯。」

「妳連米缸在哪裡都不知道呢。這件事妳不必急，我問妳，親家公怎麼沒有一起來？」

「他說他會來看看。」

「他還是一個人？」

「嗯。」

「怎麼不叫來一起住。」

「這件事還是以後再說吧。」錦章說。

「阿母。」錦炳說。

「什麼事？」

「阿兄他們已經回來了，我也可以走了。」

「你要到哪裡去？」錦章問。

「我要出去。」

「出去？去哪裡？」

「隨便哪裡都可以，只要不是這個地方。」

「你不喜歡這個地方？」

「不是不喜歡。我沒有資格喜歡。」

「爲什麼沒有資格？你在這裡長大的呀。」

「不錯，我在這裡長大，但是在這二十多年之間，我連拿一把鋤頭都沒有學會，叫我如何再住下去。我已經白活了那麼多年了，不能再這樣下去。」錦炳說，他的眉宇間好像已有了一種決心。

「種田並沒有什麼困難，只要吃得苦。」

「我就是吃不了苦。」

「到外邊也要吃苦的。」

「那不一樣。」

「現在我們一回來，你就要走，早知道這樣，我們還是不回來好。」

「你是眞正的農人，你們應該回來。」

「那些田，是我們的呀。」

「田應該是屬於眞正需要它的人。阿爸也好像這個意思。」

「阿爸？」

「我兩天前又去看了他一次。他問我你們回來了沒有。」

「他一定不會讓你走的。」

「他說他也不是眞正的農人。」

「你總也可以插幾根秧，割幾把稻子。」

「我會的，當然。我也希望會做得像你們每一個人那樣好。上次，阿母去田底村請人來幫忙割稻子，我卻躲在房子裡呀。」

「你可以慢慢來。你知道兩個人總比一個人好。而且現在也正需要人手。」

「不，我要像每一個人一樣。」邱錦炳說，聲音突然變大。「因爲我吃飯也不比任何一個人少，我在農村裡就必須隨時和每一個人比較。」

聽了這一句話，邱錦章突然楞了一下。以前，小時候，每當他們兄弟兩個有了爭論，尤其是錦炳和他計較工作的時候，他就常常對他說：「你吃飯也不比人家吃得少呀。」

他不知道弟弟是不是故意提起從前的事，還是無意中隨口說出來的。這應該是很久以前的事，大家都應該早已忘掉了。也許弟弟根本就沒有那種意思，卻使他感到不安。

他望著錦炳，錦炳把頭轉開，他再望著母親。

「還是讓他走吧。」母親說。

他眞沒有想到母親會說這樣的話。如果是以前，也許只要想到兒子要離開身邊，她就會紅著眼眶，甚至於還默默流下眼淚。

「阿母。」錦章說。

「如能夠留他，我會留他的。在你們沒有回來之前，我們也不知談過多少次了。」

「你眞的非走不可？」

「嗯。」

「那你打算到哪裡去？」

「我也不知道。」

「什麼，你還不知道？」

「我已是大人了。」

「這是一個很複雜的世界。」

「你不是也這樣走過的？」

「我可不同，我是找美美去的。」

「總會有辦法的吧，我想。」

「你要是有什麼要我們幫助，只要通知我們一聲。」

「我會的，只要有必要。」

「還有，你不要忘記，這裡的所有的東西，一半是你的，你隨時可以回來。」

「我一定會記住你的這一句話的，可是，也許，我什麼都不會需要，如果我會眞的需要，那是我們的老母親。我知道我現在還沒有能力，也許我有一天會回家把她帶到自己的身邊，不知道那時候，你們會不會讓我？」

「錦炳……」邱錦章說，眼眶不禁紅了起來。

「不要再說這種話了，反正都是我的兒子，我跟誰不都是一樣？你們在這裡談一下，我去煮飯。」

「我也去。」美美說，跟著阿賢姆進去。

「汪、汪、汪。」突然間，在稻埕上的庫洛發出一陣狂吠，繼著而來的是一片嘈雜聲。

邱錦章和邱錦炳探出頭來，看到以阿順叔爲首，大約有十幾個人陸續推著籬門走進稻埕。

庫洛把尾巴夾在兩股之間，一邊吠一邊倒退，聲音那麼低啞，有一點像在求饒似的，滿身黑毛，到處可以看到稀鬆脫落，誰會相信這條狗曾經以兇惡出名的呢。

「什麼事？」邱錦炳搶前一步，走到稻埕上說，他的臉色有點發白。

「沒有，沒有什麼事，我們知道錦章回來了，特地來看他。」阿順叔說。

「他回來了，跟你們有什麼關係？」

「錦炳。」

「以前，他們就是這樣……」錦炳說。

「不要誤會，我們完全是好意。」

「好意？」

「錦炳。」

「錦章會明白的。我們是好意。我們都很高興錦章回來了。」

「阿順叔，你們有什麼事，要不要進來一下。」

「不必了，我們還忙呢。」阿順叔說，哈哈笑了起來。跟他來的，也一起笑了起來。

「很忙？忙什麼？你們不是都把稻子種下去了？」

「我們都種好了，你們的卻還沒有呀。不知是誰說過，站在田頭，一望過去，還沒有種的，都是你們的。」

「呃。」

「你們會不習慣？」

「什麼？」

「新的景色。」

「呃。」

「開始，我也很不習慣。全部改變了。我差一點認不出來了。然後，我把眼睛往上看，看著太陽出來的地方，和太陽下去的地方。我慢慢的認出了自己的田地。」

「呃。」

「阿福嫂叫我們來幫忙你們種田。」

「呃。」

「我們就是來告訴你，已經有人在開始工作了。」

「那怎麼好？我們應該自己來呀。」

「你們已遲了，遲了好幾天了。你就是現在再播下種子，最快也要等到一個月後才能插秧。」

「這是第一次，也沒有辦法。」

「誰說沒有辦法？」

「有什麼辦法？」

「你們不出去看一下嗎？」阿順叔說。

邱錦章和邱錦炳跟著他們，一起走出了夾道的竹叢，望空曠地一看。

「那是你們的地。」

「那些人呢？」邱錦章指著田裡許多人忙忙碌碌，有的把犁，有的踩割耙，有的使手耙，有的打六璹，有的走直，有的打橫，整個田裡充滿著吆喝水牛的聲音，好像全村子的人，突然集中到這裡來了。

四甲多的田地，現在雖然少了一點，這時候經過那麼多人一起動手，已一坵一坵很快地整平，露出水田的面目出來了。

「那怎麼好意思，那怎麼好意思。」邱錦章不停地呢喃著。

「土地沒有泡夠，也許挲草時跪在地上要苦一點。」

邱錦炳站在一邊，輕咬著嘴唇，一聲不響。

「我們都希望你回來，也都相信你會回來。你們這些田，也只有靠你回來。」

「不過，我們也不能勞動你們這麼多人。等一下，我可以用耕田機來。現在，把坵塊放大，應該可以更方便了。而且我們也不急，急也沒有用，我們還沒有播種。」

「秧苗的事，你也不必煩惱。我們幾家都把剩下的秧苗留下來了，也許長了一點，不過，可以把尾端截掉。」阿順叔笑著說。

「你們都把秧苗留下來了？怎麼可以這樣？你們的苗田不是不能種了？」

「那有什麼關係。反正今天是第一年，那一點點苗田，不種也就算了。何必急？就是現在再種，也不比你們遲嘛。」

這時候，有兩個年輕的農人，各挑了一擔秧苗從邱錦章的面前經過。

「怎麼好這樣呢？」邱錦章說，跟在他們後面。

他們停下來，把秧苗連苗簍一簍一簍放到田路上。他們兩個才把苗簍放下來，從另外一個方向，又有三兩個人，挑著苗簍，放在另一個角落。

邱錦炳看人家把秧苗擱在田路上，突然把襯衫和長褲脫下，學著別人在田路上抓起一隻木盆放到水田裡，再把一簍秧苗放在盆上，直跳進泥田裡，彎下腰，把秧苗一撮一撮插進泥土中。

不知道是一時急，還是他眞的不懂，他竟前進著插。

大家看他的樣子，都哈哈笑了起來。邱錦炳也不管人家笑彎了腰，繼續把秧苗一撮一撮插進水裡。

阿順叔走過去，從口袋裡掏出一只銅製指套。

「錦炳，你把這個戴上。」

「不要，我不要。」邱錦炳用眼角向阿順叔瞟了一下，又繼續把秧苗插進土裡。

「你這樣子會累壞的。」阿順叔說。

邱錦炳還是沒有理會他。

阿順叔把指套套在拇指上，搬了一簍秧苗放進木盆裡，雙腳在田裡踩穩，回頭看看邱錦炳，然後迅速地抓起一掌帶土的秧苗，順著邱錦炳所種的秧苗，輕輕地點開五排。

這時候，站在田路上的人，已不再笑了，各人也都依序下田。一時，田裡全是人。錦章也把長褲脫下，跟在最後。他慢慢跟著，有時也抬起頭來看錦炳。

邱錦炳還是急忙地插著秧，他的身體顯得搖晃不定，而且上下動盪。別人好像只有手在動，而他卻好像使用整個身子的力量。

他所種的稻子，也歪歪斜斜，排列也不整齊。阿順叔跟在後面，替他略微修正，使旁邊的人可以跟上來，一方面放快著速度，敏捷地點著。

邱錦炳看阿順叔快趕上，把秧苗更快地插下去。排列也顯得更加歪斜凌亂，種下去的秧苗也越是多少不均。

阿順叔也好像感覺到，突然把速度又放慢了。

邱錦章把這一切都看在心裡。阿順叔如果要跟著錦炳，那後面的人又跟著他，這坵田一定會種得像水蛇爬行，彎曲凌亂。如果要趕過去，錦炳一定會拚著命不讓他，那後果將更不好。

錦章忽然停下來，走回到田路，再順著田路走到錦炳的旁邊。

「錦炳，你休息一下吧。」

「你總該讓我種完這一趟吧。」邱錦炳說，連頭也不抬起來。

突然間，邱錦章好像也能明白弟弟的心理。

「這是我的田，我卻連一撮稻子都沒有種過。」也許錦炳會這樣說。

「可是你把這一坵田蹧蹋了。」

「那也只一坵田嘛。」

「不錯，只一坵田。」

「而且這一坵田也不會全是損失。」

「可是你這樣子，身體吃不消呀。」

邱錦章怔怔地站在田路上，望著錦炳。他並沒有把速度減慢。阿順叔已被拋在後面了。他知道阿順叔是故意這樣子，因爲其他的人早已趕過了錦炳，有的早已折回來了。

「也許。不過，不管是損失一坵田，或者會傷害到身體，至少它給我一個機會明白什麼是農人，什麼是耕田。如果這是代價，也是值得的吧。」

錦章在田路上跟著錦炳，一直到了坵塊的另一端。

「你該停一下。」

「……」錦炳兩腳仍插在水田裡，慢慢抬起頭來。他的額頭全是汗水。他的眼睛直望著前方，臉頰微微盪動著。

「你休息一下。」

「我會休息的。」他說，想從田裡把腳拔出來，卻好像很吃力，剛才那一股蠻勁現在已完全看不到了，好像剛才那一個人完全是另外一個人。

邱錦章伸手給他，他也沒有拒絕，只是把手搭在錦章的手掌上，自己一步一步走了上來，然後把腰身一伸直，回頭看看自己適才所種的那幾行。

「我只能做到這樣。」他沉重的說。

「你已做得很好了。」

「我總算也種過田了，這樣子，我就可以走了。」

「你要走？」

「你說我還能做些什麼？」

「你已做得很好了，你什麼都可以做。這裡是屬於你的。」

「不。我還是要走。」

「眞的，你……」

「眞的。」他說，踱出了一步。

「錦炳。」

「什麼事？」

「你等一下，我送你。」

「不必送了，你不能把這一大塊田地，全部讓人家替你做。」

「沒有關係，他們既然來了，才不差那麼一點點工作。我還是送你一下。」

「我還要回家。」

「我知道，我送你回家。」

「好吧。」錦炳說。

兩個人默默地走了一段路。

「我剛回來，你卻要走了。」

「我早就該走了，只是等著你回來。」

兩個人又默默走了一段路。這是一條田中的大路，是新開的，路的兩旁各有一條水溝。一條是排水溝，一條是進水溝。

「你看，前面來的是阿福嬸吧？」

「是阿福嬸。」

阿福嫂正拉著一輛手拉車迎面而來。

「錦章，你回來了。」

「嗯。」

「吃點心嗎？」阿福嫂笑著說，手拉車上載著一簍筐鹹飯。

「噢，眞是太勞煩大家了。」

「沒什麼，沒什麼。」阿福嫂說，「你們不吃一點嗎？」

「不必了，他們都等著妳呢。」

阿福嫂也眞的沒停下來，繼續向大家忙做一團的地方拉過去。

「阿福嬸也蒼老了很多哩。」錦章說。

「阿福叔死了。」

「呃。」

「不過，那麼久沒有見面，早就和死了一般。」錦炳說。

「人總是要老的吧，只是幾個月不見，她實在老得太快了。」

「阿母也老了，老多了。」

「我一回來就感覺到了。」錦章說，突然又回頭去看望阿福嬸一下。

「喂——」那邊阿順叔正轉頭過來向他們招手。「吃點心呀——」

「好呀——」錦章也大聲說。「我們去吃吃點心。」

「不。我不去，我只做了那麼一點工作。」

「你已做得很不錯了。」

「很不錯？我做什麼工作，我知道。這裡是屬於你們的。一個農人要做其他的事，也許容易一點，可是一個普通的人，突然叫他來耕田，卻不是一件容易的事。你去吧，他們在等著你。」

「你眞的非走不可？」

「嗯。」

「那我送你。」

「不必了。眞的不必了，你不能把整個田放著讓他們做，你去吧。至少你也應該和他們一起吃點心，尤其是阿福嬸親自煮的點心。我想我們不應該再拒絕她了。」

「那，那你要常常回來。有什麼困難，你儘管說。至少，你要記住，這些田地，有一半是屬於你的。」

「我會記得的，不過……」

「你說吧。」

「不過，你有時間，也應該去看看阿爸，他年歲也不少了。」

「我會去的，我在回家的途中，就一直想著。你說我應該帶美美去？」

「如果是我，我就帶她去。」

「好的，我會帶她去的。」邱錦章說，「我一定帶她去看阿爸。」

（全文完）

新版後記

在台灣的文學活動中，鍾肇政先生是一位很重要的創作者，也是一位有力的推手。

在戰後初期，鍾先生是一位最先越過語文障礙的寫作者。他自己寫作，也鼓勵朋友寫作。不但鼓勵，而且出力幫助。他幫助朋友看稿，介紹發表機會。

在一九六六年，鍾先生出版《大圳》，是《省政文藝叢書》的第二本。以後，他介紹朋友加入創作，包括鄭煥、李喬、鍾鐵民和我。

《省政文藝叢書》，是由台灣省新聞處主辦，目的是用文學創作的方式，宣揚政績。

鍾先生邀我寫作，開始我有些猶豫。我對國民黨政府，是有批判態度的。

鍾先生說，沒有關係，你只要寫「文藝」就好。

在一九六五年之間，銀行派我參加政大舉辦的「經營管理班」，為期六個月，其中還包括一些參觀活動。印象較深的是去龍井參觀「農地重劃」的成果。

我自己小時候也有一些農事經驗，我就把兩者合在一起，寫出了《峽地》。

在我寫作和讀書的過程中，曾經讀過契訶夫的〈峽谷〉。「峽谷」是具有象徵意義的。

實際上，當時的台灣，從某些角度看，也是一個有形、無形，受到多重囿限的社會。

稿是寫好了，新聞處方面提出了一些修改的意見。實際上，是他們代為操刀的。修改的重點有二。一是暴力的描述。他們把它刪除。一是未婚懷孕的部分，他們安排了「公證結婚」。實際上，當時鄉下人，並不懂「公證結婚」。男女事情發生，他們就請長輩或知名人士來斡旋，說服雙方家人，讓他們順利結合。

新聞處有函給我，說這是「顧及『省政文藝叢書』的立場，以及『傳統』的倫理道德觀念。」他們所改的，十二章較多。這本書於一九七〇年出版，列入《叢書》之卅二。

這本書是我的第一部長篇小說。我寫的是，幾位哥哥和他們子女的一些生活情況。當然，這只是素材的一小部分。不過，我很高興把那一段的農民生活，以文字的方式記錄下來。

現在，有重印的機會，我把一些被增刪的部分復元，在文字上也做了一點修補。

我很感謝蔡文甫先生的好意，使這本書能以更完整的面目重現。

劉清文

二〇〇四年七月
於台北

附錄

偶然與必然

——文學的形成

鄭清文

我的一生充滿著偶然，怎麼想，也不會有成為作家的條件。

我出生在桃園鄉下，那是屬於貧瘠的赤仁土台地，耕作有賴於水圳和大埤（蓄水池）的灌溉系統。

我是七個兄弟姊妹中的屘子，生父和生母都大我四十歲以上。在節育的時代，就不可能有我這個人。

我懂事的時候，知道生父在金瓜石那邊挖礦，後來才知道是淘金。生父時常不在家，不過我讀小學以後，他已告老，回到鄉下來。他已無法耕作，只是幫忙看牛。田是由大哥在耕作，開始是租來的。

我於周歲時，過繼給新莊的舅父。舅父沒有子嗣，生母懷孕，舅父要求，如果生男就過繼給他。後來，果然生了男孩，生母卻捨不得。生母說，家裏雖然清貧，孩子卻要留在家裏自己疼。到了周歲，七十九歲，纏著小腳的祖母，走了五個多小時的路，硬把我揹回新莊。我由李改姓鄭。

在這之前，我三哥也曾經去新莊住過。如果他能住下去，舅父收養的就是他，而不是我。因為他年紀較大，已懂事，不習慣新莊的生活，就跑回桃園了。

如果我留在鄉下，四哥是我的一面鏡子。他小學畢業，一生務農，有一天政府在他的田中央開闢了一條三十米的大馬路，他在一夜之間變成了千萬富翁，蓋了新房子，在家裏看電視，偶爾也出國觀光，然後生病死亡。

在生家方面，我印象較深的有三個人。

生母最疼我。我每年寒暑假都會回鄉下住一些日子。閹雞是自己養的，不過遇有年節才宰殺。生母會把雞腿埋在鹽甕裏，等我回去才挖出來滾菜湯，再給我吃。

大哥主持耕作，農閒期間也會出去捕魚。捕魚的方法，以放絽（放鉤繩）為主，有時也用魚叉或魚網。那時，台灣的溪、埤還有許多白鰻和鱸鰻。白鰻有一斤以上的，鱸鰻有到五斤或更大。

生母會把白鰻放在茶壺裏，再注入米酒，叫我帶回新莊去燉補，給我父親（她的弟弟）和我吃。

大哥是一個喜歡動腦筋的人，他曾經嘗試過在夏天種番茄。那時還沒有冷凍設備。夏天的番茄價格是冬天的五倍，甚至十倍。他種成功了，雖然外表有一點缺點，接近果蒂的地方有一些裂痕。

二哥自小出外，終戰時在菲律賓。他本來是日本司令官的廚師，退下來之後，自己開了一家餐廳，賺了不少錢。戰爭結束，他不知去向，家人以為他已戰死，二嫂再嫁。有一天，他忽然回來了。後來，他再去菲律賓，因不願接受菲化，由老闆變成夥計，每下愈況，後來患了重病，還是家裏寄去機票，才能壽終故土。

我每次回鄉下，除了駛牛的工作，幾乎所有的農事都做過。播田、刈稻不必說，我還做過拗稻子和踩稻頭的工作。

養父大我四十歲，在新莊開了一家家具店。養父不識字，記賬是用符號和台灣舊數碼。有時，他也會叫我代寫客户名字，有時寫字潦草一點，他三字經就出來了。

他做生意相當精明，生意也不錯，擁有在新莊算是最大的店面。顧客來自各方，我還記得，有人遠從淡水來採購，還利用小貨船運回去。

父親是一個不喜歡納稅的人。錢是我賺的，這是他的想法。日據時代，曾經有稅吏來查稅，看到父親的一本糊塗賬，用大賬簿敲他的頭。稅吏生氣，父親也生氣，而且一輩子不能忘記。

日本人怕商家逃稅，貨出門要貼稅條，為了拿回一張稅條重用，我跟了拖車到土城，來回都是走路的。

父親不識字。我有兩個父親，三個母親，全不識字。另外，四個哥哥，兩個姊姊，最多只讀到小學。在這些人當中，懂得關心我的教育的，恐怕只有養母一個人，在我很小的時候，她就把我送去幼稚園。但是，我不跟大家唱歌，比遊戲，而經常逃學。現在，我送外孫女上幼稚園，看到她那麼怕生，怕老師、怕同學，才了解，也許我也有類似的情況。不幸，我的養母在我小學入學前就已過世了。

父親對我讀書，只做了一件事，就是帶我去入學，把我交給老師。入學時是公學校，後來改成國民學校。入學的時候，老師是用台語叫名字的。

大概是在我小學一年或二年級的時候，父親再娶。後母是從廈門回來的，可能在那裏做過人家的姨太太。她人並不壞，只是非常短視，當美國飛機第一次來台北空襲時，她居然把沒有完全長大的雞鴨殺來吃了。她怕，萬一被炸死，就吃不到。林語堂倡導及時行樂，這是文人的氣質？還是多數中國人的哲學？

我在小學的成績非常平凡。在大東亞（太平洋）戰爭爆發之前，每個學期都有頒獎給學優的學生，大概頒到前十名。兩年之間，我雖然很期待，卻一次也沒有領到。後來，戰爭開始，就不再有頒獎了。不過，我有一個希望，就是拿一次全勤獎。六年間的全勤獎。我差一點拿到。後來，在五年級時，逃了一次學，跑回桃園。這一次逃學，回老家，剛好碰到他們要照全家福寄給在菲律賓的二哥。

小學時，我最拿手的是算術。日本老師還給我一個「算術部隊長」的外號。在戰時，日本人一直宣稱日本軍人勇敢善戰。部隊長總是揮著指揮刀，站在部隊前面往前衝，是英勇日本軍人的象徵。

有一次，老師出了一個題目，叫同學到黑板解答。沒有人會做。我會，卻不敢舉手。老師說，沒有人做出來就不下課。同學急著想下課，有人賄賂我，給我彩色紙，可以做飛機和青蛙。我上去，一下就做好了。如果正常發展，我可能學數理，而不是商或文。

新莊和桃園鄉下不同，是一個小鎮。它是沿著淡水河發展，開發很早，曾經有過所謂一府、二鹿、三新莊的時代。後來河水淤淺，下游的艋舺取代了它。變成一府、二鹿、三艋舺。因此，新莊街道老舊，有許多廟宇，地點也都以廟名指稱，如關帝廟口，媽祖宮口。店舖也多與民生有關，像豆腐店、糕餅店、香店、打鐵店等。

我是生活在一個比較清貧的時代，一個比較清貧的小鎮，一個比較清貧的家庭，包括精神和物質。

父親開的是家具店，鋸、鉋、鑽、釘，我都會做。還有油漆。不過，還沒有單獨完成一件成品的能力。

我在小學畢業時，父親有意要我學木工，以便繼承家業。在我所居住的小鎮，能讀中等學校的人本來就不多。只是，當時已是戰爭末期，物資非常缺乏，和許多行業一樣，家具店也開不成，無法培養學徒，反而有許多同學到台北考中學了。

我沒有考上公立學校。我考的學校只有口試。我們一群鄉下孩子，日語不好，沒有一個考上。私立學校就很簡單，問問姓名，掛幾下單槓，就錄取了。

雖然是上了中學，卻因空襲頻繁，停課多於上課。後來，海軍方面徵用，到士林火車站，用輕便車把木材推到植物試驗所，也就是後來的總統官邸。日本天皇的玉音，便是在那裏收聽到的。

戰爭結束，開始學習中國語言。其實，開始的一段時期，學的是台語，教材也是老師自編，「烏飛兔走，烏出林兔入穴。」

後來，大陸人士開始來台，也開始教中國語言。但是，南腔北調，許多老師的發音，後來才知道不很準確。

我家在新莊郡役所對面，郡役所改制，來了幾位福建籍的警官，在那裏教台籍警察和職員中國語言，也在那裏唱「起來，不願做奴隸的人們」。起初，這還不是禁歌。

學制，也由五年改成六年，再分成初中和高中。那是一個混亂的時代，一切都未上軌道，學校教育也一樣。我初中畢業，勉強學了一點白話文。我記得，初中一、二年時，考中國語言，是用日語考的。

考高中，又面臨一次抉擇。要考，還是不要考。幸好，有一位鄰居父執輩的開導，決定參加考試。考什麼呢？那位鄰居的大兒子問我，將來考不考大學？我說不可能。以我的背景，我是不會想到那麼遠的。他建議我考商職，我考入北商。

高一，我作文成績屬於中下。有一次，老師要我們寫信。我沒有寫過信。旁邊是一位陶姓外省同學。班上有四位外省同學，作文成績一向都名列前茅。差不多十分鐘，我一個字也寫不出來。看看陶同學，已寫了不少。哇，是文言文。一定不錯。怎麼辦？我開始抄，本來是想模仿一下，才發現沒有能力增減，只好從頭抄到尾。有幾個字看不懂，又不好意思問，只好開天窗。我記得，他是六十分，我是五十八分。

當時，學生的語文程度都不好，抄書，抄範本是大家默認的。有一次，老師要我們寫詩。這也是第一次。剛好，課本上有徐志摩的詩，就把康橋改成北投，也寫起詩來了。老師的評語是，好是好，怕是抄的吧。結果，還是有七十分。

對我影響最大的是高二的周良輔老師。他是國代，後來又轉到警察界，任大官。周老師口才好，教學熱心。他教胡適的讀書方法，不但要眼到、口到、心到，還要手到。我也聽得懂。手到，最重要的是拚命查字典。胡適還說，賣衣服、當田地，也要買一部好辭典。我也真的花了多年的零用錢，買了一部《辭海》。這不但引起我對語文的興趣，也奠定了我的語文基礎，後來還提供了我考大學的本錢。

我高商畢業，就要參加就業考試。有一位會計學老師，也是高三導師，要開補習班，請兩個同學幫他收費。另外的一位，收了一天就溜掉了。我雖然知道就業考試對我將來有很大影響，卻不能再溜。

考試結果，我分發到華南銀行。我喜出望外。那是人浮於事的時代，而且又是金飯碗。另外的那一位同學，分發到台灣銀行。論成績，台灣銀行在華南銀行前面。

這是一個很大的偶然。考試只差一、兩分，一輩子的路可能大不相同了。我在華銀，在台北上班。他卻派到台銀的屏東分行。

也許，現在的年輕人是完全不會相信的。我高商畢業之前，沒有戴過手錶，沒有穿過皮鞋，沒有留過頭髮，也沒有打過電話。也許這樣，每一樣事物，對我都是新奇的。

其實，初入社會，銀行本身就是一個新奇的世界。我開始接觸形形色色的人。

我派在出納工作。楊姓股長為人和善，誠心待人。他對我說，我剛從學校出來，整天坐著不習慣，有空閒可以出去走動一下。也有相反的情況。一位老工友，滿腹牢騷，要他送支票去總行，稍微慢了一點，就破口大罵。

我到華銀，最重要的一點，還不只是在台北上班。華銀有一個鼓勵員工的進修辦法。任職正式行員二年以上的，考上大學，銀行可以保留職位。另外，又有學長的鼓勵，我就決心嘗試一下。聽說，華銀的這個辦法，也只有我一個人用到。不過，現在回想，我是怎樣考的，心裏頭還是有許多不明白。

我的條件很不好。我讀商職，而且又隔了三年。我幾乎沒有讀過文言文。三角沒有學過，三民主義也沒有學過。這一些全要考。而且我還必須一邊上班，一邊準備。銀行的工作，相當忙，尤其是收稅款的日子。銀行不是一般所想的，三點半關門，下班。那是，一分錢不符，花一百元也要抓賬的時代。下班不是三點半，加班到十點是常事。超過十點，女同事就先回家。那時還沒有冷氣，剩下的男同事就脫下外衣褲繼續工作。有一天，加班到三點半，是凌晨。把出納的大桌子清理一下，人就睡上去。七點鐘，工友把你叫醒，要掃地。

我沒有讀過三民主義，卻要考。我用了禮拜天一整天的時間，差一點讀完孫文先生的原本。我説差一點，是吃了晚飯之後，雖然剩下不多，卻一個字也擠不進去頭腦裏了。

我能考上，一方面是考題適合我，另一方面是我抱著平常心。讀一點算一點，應考只是鞭策自己讀書的方法。

我考上了，許多人為我祝福，包括我父親，還去告訴鄰居。父親不知教育的重要性，曾經要我學木工，等到我去銀行工作，才放棄這個念頭。

我離開銀行去上大學，銀行裏也有一個同事反對，他是一位前輩，是屬於「學歷無用論」者。社會上有異數，才算是常態吧。

在大學期間，因為我是商職畢業，有些課程比較輕鬆，我有較多時間看課外書。大一下學期，有一篇作文的題目是「寒假所讀的書」。我讀了一本微積分，一本英文法，一本《裁判》，一本《歐琴妮・葛蘭特》。都是日文書。

當時是一個缺乏書籍的時代，中國的書，俄國的書，都是禁書。我還記得，戰後不久，在重慶南路的書店，還有許多中國的書，包括一本書名很奇怪的《阿Q正傳》。當時，我還不懂文學，也不知道魯迅是何許人。

我讀文學書，可能是進入大學以後。我時常到舊書攤找書。大部分是日文書，因為日本人回去時，留下許多日文書，而日文書又比較沒有人管。一本日本近潮社的《俄羅斯三人集》，果戈里、契訶夫、高爾基，可說影響到我以後的寫作生涯。

那時，我也在衡陽路的書店買到一本《安娜・卡列妮娜》，是英文本。照理，那也應該是禁書。我喜出望外，花了五十元買回來。我大學的註冊費，一個學期是八十多元。

我花了一年的時間，查著辭典讀完它，還在上面寫了不少感想。可惜，這本書借給勸我去考大學的學長，在八七水災的時候泡湯了。

我讀《安娜・卡列妮娜》，再讀《戰爭與和平》，發現舊俄時期的貴族愛說法語。為了更徹底了解這些作品，我在大學裏就選修法文。

在托爾斯泰之後，我也讀了幾本杜思妥也夫斯基的書，像《罪與罰》、《卡拉馬助夫兄弟》等。也都是「現代叢書」葛尼特女士(C. Garnett)的譯本。

起先，我對杜思妥也夫斯基，不敢說有什麼了解，只覺得和當時的「文藝作品」

很不一樣。老實說，當時也是因為禁書的關係，提前閱讀和購買的順位而已。後來，讀到紀德的書，說「托爾斯泰是一座高大的山，杜思妥也夫斯基是在後面的更高大的山，不過要在更遠的地方才看得到。」才知道他的重要性。

我投稿，是和買書有關。

本來，我在銀行工作，還要拿錢回家，繼續升學以後，比較大的開支還是要向父親伸手。

有一次，想買書，父親問我，前幾天才買一本書，那麼快就讀完了。父親識字不多，但是還有一點風雅之心。他畢生擁有兩本書，一是《萬年曆》，一是《千家詩》。「雲淡風輕近午天」，幾十年，他只唸這一句。他以為，一本書要讀一輩子。

父親的那些師父，雖然都只有小學畢業，有一兩個人，頭腦很清楚，尤其是一位姓廖的，大概大我七、八歲。他告訴我日本會打敗。後來，他也低聲告訴我蔣介石不是偉人。開始，我很驚訝。這是庶民的想法，是庶民的直覺，是沒有受過洗腦教育的清晰的頭腦。這也多少影響到我的思考方式。

我的第一篇文章〈寂寞的心〉，一九五八年三月十三日發表。這篇文章，多少是模擬著父親的心境。父親在同年四月二日去世。這是他在世時，我發表的唯一一篇小說。

這一年，我在林海音女士主編的《聯副》，發表了五篇文章。在台灣，如果沒有副刊，一個新手是不大可能有機會的。另外，那是一個高喊反共抗俄的時代，報紙、雜誌登的也是配合政府政策的文章。

一九六三年，我獲台北西區扶輪社獎。那是一種鼓勵性質的獎。林海音女士因刊登一篇小詩惹禍，已離開聯副，她還是介紹我的兩篇文章到別的報刊。一是〈水上組曲〉，到《中央日報》。還是退稿了。一篇是〈重疊的影子〉，到《新生報》，副刊主編不滿意我的結尾。那篇作品有三萬字，我一夜改了七千多字。這篇作品發表了，題目是主編改的，叫〈得到的〉。為什麼是這種題名，我無法理解。標題也可能是他的題字。因此，這篇小說就有了兩種版本。聽說，這位主編後來遭到不幸。

那是一個箝制的時代。法國作家該約瓦(Roger Caillois)在談到政治和文學的關係時說，文學的態度有五種。隸屬、順從、不關心、獨立和反抗。在台灣，一般是採取不關心和獨立的態度，即使有反抗也是用掩飾的方式。

我繼續讀書和寫作。我讀得很雜，寫得很慎重。我寫自己真正想寫的東西。時常有人問我，給我影響最大的作家是誰？我愛契訶夫、海明威、福克納等人的作品。還有其他。當時，如果有更多的書可以讀，也許我可以舉出更多的名字。讀和寫，我可以說是在摸索中長大的。

在文學以外，我讀過一兩本微積分的書。我發現像計算圓周率的那些數式，整然有序。我也發現，那些數學線條的優美。我似乎了解，什麼叫造化。

我也看過一點天文學的書。不管是空間或時間，我都感到接近無限。我也感覺到人的渺小，人也更懂得謙虛和誠謹。但是，人也可以看到久遠。

我喜歡讀心理學的書。有一次，大哥看到我在讀《異常心理學》，就責問我為什麼讀那種書。寫作需要了解人，了解和自己不同的人。

哲學的書，我讀得不多。羅素教我理性和懷疑。理性才能客觀，懷疑才能看到真相。尼采說上帝死了。這促使我思考一個很嚴肅的問題，人如何脫出失去依憑的困境。

我相信人是向上的。英國評論家可林．威爾森(Colin Wilson)說：「人並未墜落，是攀登很長的山路走上來的。」我起步較遲，腳步也不快，所幸還能走出自己的路。

時常有人問我的另外一個問題，我在銀行工作，為什麼能寫小說。其實，許多銀行員也有銀行業以外的專精。如繪畫、書法和音樂等。在銀行員以外，也有很多行業的人從事寫作。初期，最多的可能是軍人和教師。有人說，教師寫東西，像在給學生上課。當然有很多例外。毛姆說過，記者寫作，心裏常常有報社的立場，容易喪失自我。這當然也有例外。

銀行員，日常接近金錢和數字，人會趨於務實。其實，銀行是一個很大的社會，那裏有形形色色的人，那裏也發生許許多多不尋常的事。日本「三十三間堂」，有一千個佛像。據說，每一個人，都可以找到和自己類似的臉孔，而銀行有六千多個員工。這些人、事，都可能成為作品，只是我很少直接寫他們。

我在銀行有一份安定的工作。文窮而後工，是過去的想法。我在銀行工作四十餘年，我從來沒有要求過調整工作或陞遷。前面的二、三十年，大部分是機械性的工作。這種工作的特點是，下班以後就不必再去想銀行的事。公餘的時間，全屬自己。這是我為什麼還有時間寫作和閱讀的重要因素。

回顧過去，不管從時代、社會、家庭、教育、工作，對我，充滿著許多不同的素質。

我從日治時代，轉入國民政府時代。這是非常大的變化。其中，還經過一次大戰，以及以後一段很長的戒嚴時期。

我由桃園的農家，轉移到新莊的小商人家。我常講，我有兩個故鄉，也有兩個童年。這是我寫作的泉源。桃園鄉下，有農田，有水圳，有大埤。新莊有舊街，有許多廟宇，也有一條大河。大河，在我心中，不僅是水流，是歷史，也是時間。當人把眼睛放低，貼近水面，河好像變成無限的寬，無限的長。這時，瞬間也變成永恆。

我學的是商，在銀行工作。商人是現實的，寫作需要想像。更重要的，還需要獨立思考。從想像和思考，可以領會到更深遠，更恆久的事物。

我由一個舊的時代，走入一個新的時代。我所經過的六十年，不論是台灣或全世界，都經驗到一連串的激變。農業社會、工業社會、科技社會。小時候，大人不准小孩用手指著月娘，說月娘會割耳朵。當人類登陸月球的時候，我最先想到的是已過世的父親。在他們那一代，這是神仙故事。父親，為了沒有子嗣，不知苦惱了多久。現在，我可以告訴他，人將可以造人了。

昆德拉(Milan Kundera)寫過，有人問查貝克(Karl Capek)為什麼不寫詩。查貝克回答說：「我很不喜歡談自己。」我多少也有這種癖性。

我擁有多種不同的素質，我的內心也會有衝突。毛姆說過：「一個作家的特質，是他不是一個人，而是多個人。因為他是多個人，所以，他能創造眾多人物。一個作家是否偉大，往往以他擁有的自我個數而定。」其實，我也不是一個很複雜的人。我長大在一個以「忠厚人」為尚的環境，而我的親人，多是屬於「忠厚人」。不過我了解個人的含義。我的重點之一，是追求如何融合和調和。

也許，這也不一定是必然。我知道，我的作品也在變。我寫過去，也寫現在。雖然我走過不少地方，我真正知道的是台灣。但是，台灣並不是停止不動的。我年輕時，有些特殊的經驗，這些經驗應屬於與我同一時代的人。或許，由於語言和文字的障礙，許多人無法寫它。至於比我年輕的人，可能又不知詳細。文學是生活、藝術、思想。我寫我熟悉的人與事，我也寫我熟悉的一草一木。我很重視細節的正確性和豐富性。我也常以這種方式去表達我對人生社會和時代的看法。我很想寫那個時代，那一些人。

在台灣，寫作一直是吃力不討好的工作。收入不多，有一段時期還要冒很大的危險。有人說，日本好多了。大江健三郎榮獲諾貝爾獎時，立即的感想是，或許可以讓他多賣一些書。

然而，為什麼還有人做這種事呢？那是因為人有願望，人有理想，人有信念。人必須走到更遠的地方，去看更高大的山。

小說最簡單的定義是，用散文寫成的故事。故事，就有虛構的部分。虛構有時還是故事的重心。但是，虛構不是虛假，也不是空幻。它是現實的，寫實的，真實的。生活和作品是緊扣在一起的。這似乎也是台灣作家的重要特質。

時間是留不住的。時間是殘酷的。不過，人可以記載它。

日本人善於記載。在戰時，從日本陣亡的士兵，或俘虜的身上的記事簿，就可以找到軍事行動的重點。台灣人就不一樣了。因此，在台灣，時間一過，留下的往往是歷史的空白。

台灣有一句話「頭蘸了就要剃」。我從事寫作四十年，本來只是想賺點稿費，現在似乎已由偶然漸漸變成必然了。我覺得，我還有許多東西可以寫，我也很想寫出來。

我那一代的作家，必須由日文轉換成中文。另外也須要面對著許多困難和危險。因此，寫作的路也格外的崎嶇。寫作似是個人的行為，實際上，是有很多人幫助我走出一條路。

——一九九八

《峽地》相關評論索引

評論文章	評論者	原載處	原載日期
這一年來的省籍作家及其小說（下）	葉石濤	台灣文藝	一九七〇年四月
峽地	易安	省政文藝評介選輯	一九七二年六月
追尋——論鄭清文的文體	陳垣三	台灣文藝	一九七七年十月
鄭清文的第一人稱小說	蔡源煌	中外文學	一九八〇年五月六日
論鄭清文小說裡的社會意識	葉石濤	作家的條件	一九八一年六月
鄭清文作品討論會	李喬	文學界	一九八二年四月
悲憫與同情——鄭清文的小說主題	林梵	文學界	一九八二年四月
誠實的作家：鄭清文	葉石濤	台灣時報	一九八四年八月六日
鄭清文、李喬的小說創作	劉登翰等編	台灣文學史（下）	一九九三年

描繪人性的觀察家——鄭清文的文字與風格　林瑞明　鄭清文集　一九九三年十二月
在孤冷的冰山燃燒——釋放鄭清文小說中女性的特質　許素蘭　台灣時報　一九九四年七月二十二日
鄭清文作品專題　李　喬　小說入門　一九九六年
風格的創造者　黃武忠　鄭清文和他的文學　一九九八年六月三十日
大王椰子——二十年來的鄭清文　彭瑞金　鄭清文和他的文學　一九九八年六月三十日
冰尖下的人生眞相　郭明福　鄭清文和他的文學　一九九八年六月三十日
鄭清文文學有顆單純的心　曾意芳　中央日報　一九九八年八月六日
平凡中的不平凡　鍾肇政　自由時報　一九九八年九月七日
衝突：化解或者更形惡化——我讀鄭清文近期小說　李瑞騰　台灣日報　一九九八年九月九日
渡船頭的孤燈　李奭學　聯合報　一九九八年十月五日
鄭清文：
難得「轟動」的鄉土文學作家　胡衍南　一九九八台灣文學年鑑　一九九九年六月
台灣鄉下人的本色——閱讀鄭清文的小說　楊　照　中國時報　一九九九年七月十六日

典藏小說 03

峽 地

The Motherland

著　　者：鄭清文
策　　畫：陳雨航
發 行 人：蔡文甫
責任編輯：陳慧玲
發 行 所：九歌出版社有限公司
臺北市八德路3段12巷57弄40號
電話／02-25776564・傳眞／02-25789205
郵政劃撥／0112295-1
網　　址：www.chiuko.com.tw
登 記 證：行政院新聞局局版臺業字第1738號
門 市 部：九歌文學書屋
臺北市長安東路二段173號（電話／02-27773915）
印 刷 所：崇寶彩藝印刷公司
法律顧問：龍躍天律師・蕭雄淋律師・董安丹律師
初　　版：1988（民國77）年1月
典藏新版：2004（民國93）年11月

定　價：280元

ISBN 957-444-175-X　　Printed in Taiwan

國家圖書館出版品預行編目資料

峽地／鄭清文著. 初版. —臺北市：
九歌，2004〔民93〕
面；　公分. —（典藏小說；03）
ISBN 957-444-175-X（平裝）

857.7　　93017263